お荷物令嬢は
覚醒して王国の民を
守りたい！
2

主な登場人物

リック・ボルム

ボルム子爵家長男で、第一騎士所属。ランスと共にヘルミーナの護衛に当たる。面倒見がよく、自由なランスと思い切りのいいヘルミーナによく振り回されている。

ヘルミーナ・テイト

ウォルバート公爵家が率いる水属性の一族、テイト伯爵家の長女。人を救った経験から誰かの役に立ちたい気持ちが芽生え、「お荷物令嬢」を脱却するため日々奮闘中。

ランス・ディゴーレ

ディゴーレ伯爵家次男で、第一騎士団所属。ヘルミーナの護衛に当たる。明るく飄々とした性格で、騎士団のムードメーカー。

カイザー・フォン・
レイブロン
火属性を束ねるレイブロン公爵家の嫡男で、第一騎士団の副団長。仕事人間で、女性に対してきわめて奥手な性格が災いして婚約者すらいない。
ルドルフ・ディゴ・
エルメイト
光の神エルネスに加護された国、エルメイト王国の王太子。カイザーの親友でもある。
マティアス・
ド・ラゴル
西の国境を守る風の民、ラゴル侯爵家の跡継ぎで、第一騎士団の団長。「残虐非道な冷血漢」と言われるほどの実力者。

Contents

お荷物令嬢は覚醒して王国の民を守りたい！ 2

暮田呉子

イラスト
woonak

3章　囚われの王子と導きの女神

練武場の中央で白金の髪を靡《なび》かせた青年が、淡い光を放つロングソードを両手で握りしめたまま立ち尽くしていた。切っ先から滴《したた》り落ちた血が、足元に横たわる魔狼牙《まろうが》を濡らす。絶命した魔狼牙は次の瞬間、黒い灰になって消滅した。

その光景を離れた場所から見守っていた王国の宰相《さいしょう》は、「歴史の動く瞬間に立ち会えて、万《ばん》感《かん》の思いです」と唇を震《ふる》わせた。直後、練武場に歓声が沸《わ》き上がる。

ヘルミーナは忘れられない出来事が起こるたびに、「お荷物令嬢」だった記憶が塗り替えられていくのを感じていた……。

◆◇◆◇◆

首都、アルムス子爵邸――。

屋敷前に横付けされた馬車から乱暴に扉を開けて降りてきたのは、アルムス子爵家の長男エーリッヒだ。

「クソッ、テイト伯爵家の私兵がっ」

自室に入るなり、ガラステーブルに両手をついたエーリッヒは声を荒《あら》げた。その苛立《いらだ》ちから魔力が放出されていたのだろう、触れていたテーブルは圧力に耐えきれず、音を立てて粉々《こなごな》に砕《くだ》けた。

「……婚約解消に同意しただと？　そんなはずはない。子供の頃からずっと一緒だったんだ。将来だって誓い合った仲じゃないか」

婚約した瞬間から、彼女の笑顔も、髪も、目も、唇も、全てが自分のものだった。彼女は、自分がいなければ何もできない。昔も、これからも。

「大丈夫だ、ミーナ。お前が僕と別れたくないとテイト伯爵に泣いて縋《すが》れば、伯爵だって公爵に口添えしてくれるはずだ。僕たちは今も深く愛し合っているのだから――」


――……悪夢を見た気がする。

深い眠りから目覚めたヘルミーナは、額に手の甲を乗せて息をついた。夢の内容までは思い出せないが嫌な感じだ。全身からじっとりとした汗が滲《にじ》み出る。

寝所が変わったせいだろうか。ヘルミーナは見慣れない天井を見上げて、再び溜め息をついた。

重い体を起こしたヘルミーナは、気持ちを切り替えるようにメイドを呼ぶベルに手を伸ばした。ところが、指先でベルを弾《はじ》いて床に落としてしまった。慌《あわ》てて拾い上げようとしたが、その時部屋の扉が豪快に開かれて、意識がそちらに引っ張られた。

「ああ、ヘルミーナ！　起きたのね！」

「……え？　……アネッサ様？」

てっきり、メイドが来てくれるものとばかり思っていたのに、ノックもなく入ってきたのはレイブロン公爵家の長女アネッサだった。彼女は部屋に飛び込んでくるなり、ヘルミーナの元へ駆け寄ってきた。その顔は今にも泣き出しそうだ。

「もう起きないかと思って心配したわ！」

「あの、一体……」

ベッドに腰掛けたアネッサはヘルミーナの手を取ると、力強く握りしめてきた。アネッサの白い手首には、先程落としたベルと繋《つな》がっているブレスレットが点滅していた。どうして彼女がそれをつけているのだろうか。理解が追いついてこない。

すると、アネッサのあとに続くように、次から次へと人が押し寄せてきた。

「落ち着いて、アネッサ。カイザーは医者を呼んでくるように」

「今すぐ連れてくる！」

アネッサを宥《なだ》めつつ、親友に短い指示を出したのは王太子のルドルフだ。そして、その彼に命じられて一度は部屋に入ったものの、すぐに飛び出していったのは第一騎士団副団長のカイザーだ。目の前で人が慌ただしく動き回るのを、ヘルミーナは呆《ほう》けた顔で眺《なが》めていた。

「——ヘルミーナ様、体調はいかがですか？」

「きゃっ！」

……油断した。アネッサの反対側からいきなり声をかけられ、驚いて悲鳴を上げてしまった。そっと振り向けば、第一騎士団団長のマティアスが「驚かせてしまい申し訳ありません」と頭を下げてきた。

皆さんお揃《そろ》いで。ベッドの周りに集まった豪華な顔ぶれに、これこそ悪夢だと思わずにいられない。もう一度眠れば夢から醒《さ》めるだろうか。

でも、皆の深刻そうな顔を見ていたら、大人しくしていることが最善の策だと思った。

「——問題ない。よく眠ったようだ」

暫《しばら》くして、カイザーが脇に抱えて運んできたのは騎士団で出会った医者だった。彼は騎士団の専属医で、ロベルト・ベーメと名乗ってくれた。その顔には迷惑を通り越して、煩《わずら》わしささえ浮かんで見える。

一方のヘルミーナも、なぜ医者が呼ばれたのか状況が掴《つか》みきれていなかった。診《み》てくれたロベルトに「……ありがとうございます」と言ったものの、困惑を拭《ぬぐ》いきれない。

すると、見かねたロベルトは深い息をついて、傍《そば》に控える彼らに口を開いた。

「だから、寝不足による疲れが一気に出ただけだと、昼間も説明したはずだ。騎士ともあろう者が母親のように騒ぎ出して」

「しかし、先生！　人が丸一日眠り続けるなど何かあったとしか！」

「カイザー副団長、彼女はごく普通のお嬢さんだ。２時間も眠れば体力が回復してしまう君と一緒にしないでくれ」

一日中眠り続けていた……？

医者が呼ばれるぐらいだから、何かあったのかもしれないと思っていたが、なんということはない。やり取りから察するに、寝不足で丸一日眠り続けていたヘルミーナに、彼らが必要以上に騒いでしまっただけのようだ。

「本当に大丈夫なのか？」

「……マティアス団長、貴方《あなた》もか。ああ、もう心配はいらない。あとは栄養のある食事でもとれば体力も回復するはずだ」

これは、恥ずかしい。今すぐ水になって溶けてしまいたい。あまりに眠かったとはいえ、あれから丸一日眠ってしまうなんて。しかも、多くの人に迷惑をかけてしまった。

「……ご迷惑をおかけして」

「謝ることはない。とりあえず、なんともなくて安心したよ。それより医者も言ってることだし、皆で食事をとるのはどうだろう。折角《せっかく》だ、カイザーとマティアス卿《きょう》もどうだい？　君たちもヘルミーナ嬢につきっきりで食事もとっていなかっただろう」

俯《うつむ》くヘルミーナに、耳を疑うような話が聞こえてきて、思わず2人を見てしまった。カイザーとマティアスは「問題ない」と返していたが、彼らは自分が起きるまで、朝からずっと待っていてくれたのかもしれない。そう考えたら余計《よけい》申し訳なくて、額をシーツに擦《こす》りつけたくなった。

しかし、上体を倒そうとした寸前、左右から伸びてきた手がヘルミーナの額を受け止めた。果たしてどちらの手が先だったのか。騎士たちの反射神経には感心するばかりだ。

「――私はご遠慮致します。ヘルミーナ様の無事を確認しましたので、このまま騎士団に戻ります。それではヘルミーナ様、失礼致します」

ルドルフの誘いに対し、マティアスだけは断って颯爽《さっそう》と立ち去っていった。どんな相手であれ態度を変えることなく堂々としていられるのは羨《うらや》ましい。いや、羨ましすぎる。これから、ここにいる皆で食事をとるのかと思ったら、空腹も逃げていってしまいそうだ。

当然、断る勇気のなかったヘルミーナは、食事の時間までに湯浴《ゆあ》みを済ませ、用意されたドレスに着替えて軽めの化粧で顔を整えた。手伝ってくれたメイドたちは王宮勤めだけあって手《て》際《ぎわ》がよく、満足のいく仕上がりにしてくれた。

「レイブロン公子様がお迎えにいらっしゃいました」

全ての準備が整った頃、メイドが教えてくれた。ヘルミーナは薄ピンク色のドレスを揺らして、カイザーの元へ向かった。

「食事する場所までエスコートしてもいいかな？」

「はい、宜しくお願いします」

カイザーはヘルミーナの手を取って隣に並んでくれた。一緒に長い廊下を歩いていると、レイブロン公爵家に招かれたお茶会を思い出す。

不思議と誰にも会うことなく進んでいくと、塔の一角に着いた。螺旋《らせん》状の階段を登って、目的地に到着した瞬間、ヘルミーナは思わず感嘆《かんたん》の声を上げた。

そこは塔の屋上部分で、地面は青々とした芝生に覆《おお》われ、天井は透明なガラス張りになっていて空がよく見えた。先程まで薄暗かった塔の中が嘘《うそ》のようだ。花壇が並んだ中央には、真っ白な東屋《あずまや》が建てられている。

「ようこそ。ここは王族専用の温室だよ。使用人たちも下がらせたから、気兼ねする必要はない」

「ありがとう、ございます……」

笑顔で出迎えてくれたルドルフとアネッサに、ヘルミーナは顔を引き攣《つ》らせた。王族専用と言われて気軽に過ごせるわけがない。前回のお茶会と同じ顔ぶれとはいえ、彼らの輝きには当分慣れそうになかった。ヘルミーナは挙動不審にならないように気をつけながら、促された椅子に腰を下ろした。

テーブルにはすでに数多くの料理が並べられていた。これなら使用人を下がらせても、好きな料理を好きなように食べることができる。隣に座ったカイザーが「私もルドルフも、堅苦しい食事は苦手なんだ」と教えてくれた。

「皆も揃ったことだ、食事を始めよう。レイブロン公爵家の料理には及ばないかもしれないが」

「当然ですわ。我が公爵家の料理長は様々な国を旅しながら料理の腕を磨《みが》いてきた、元冒険者ですのよ？」

「元冒険者の、料理人ですか……？」

冒険者とは、故郷を離れて大陸中を旅しながら、ある者は名誉を求め、ある者は未知の旅を楽しみ、またある者は己《おのれ》の成長や自分探しを目的にする探求者たちのことだ。冒険者になる理由は人それぞれだが、れっきとした職業の1つである。

彼らは大陸共通の冒険者ギルドに所属し、各地で様々な依頼をこなしながら報酬を得て生活している。魔物の討伐《とうばつ》も請け負っており、とくに魔物の標的になりやすい農村地帯がある田舎の領地では馴染《なじ》み深いものだった。

ヘルミーナがアネッサの話に食いつくと、ルドルフは口の端を持ち上げた。

「興味がありそうだね」

「あの、はい……。私どもの領地では、鉱山に出る魔物の討伐を冒険者ギルドに依頼しています。何より私の父が、冒険者の話をよく語り聞かせてくれました。そんな父も、いつか自分の船を造って大海原《おおうなばら》に出るんだと口癖《くちぐせ》のように言っておりました」

家族の話になると、ヘルミーナは饒舌《じょうぜつ》になった。

誰にだって自慢したいことの、1つや2つはある。ヘルミーナにとって家族は、何よりの自慢だった。優しい父親に、厳しくも愛情深い母親、そして可愛い弟と妹。離れてからたった一晩しか経っていないのに、思い出したら急に寂しくなってきた。

「それは男のロマンだね」

「ルドとお兄様も似たようなことを仰《おっしゃ》ってましたわね。大陸一の剣士になるだとか、伝説のドラゴンを討伐しに行くのだとか」

「覚えてるかい？　カイザー」

「……機会があれば、ドラゴンとは戦ってみたいと思っている」

身分に関係なく、壮大な夢を抱いていたのは彼らも同じだったようだ。ヘルミーナは「ふふ」

と笑い、自然と和《なご》やかな雰囲気に溶け込んでいった。

4人でとる食事は、思っていたよりずっと楽しかった。他愛もない話をしながら、時間をかけて食べたことで、胃に負担をかけることなく、お腹を満たせた。

食事が終わったあと、ルドルフがベルを鳴らすと数人のメイドが現れ、素早く食器を片付けると柑橘《かんきつ》系の紅茶を淹《い》れてくれた。

「改めてお礼を言うよ。ヘルミーナ嬢のおかげで騎士たちは皆無事だった」

お茶で一息ついたところで、ようやくルドルフが一昨日の出来事を切り出してきた。先程までの穏やかな表情と違い、カイザーとアネッサも真剣な眼差《まなざ》しを向けてくる。

ヘルミーナは急いでお茶を飲み込み、カップをテーブルに戻した。

「ただ、ヘルミーナ嬢には申し訳ないが、騎士団で起きた事故は公《おおやけ》にできなくてね」

「私は皆さんが無事だっただけで十分です」

「そうか……。ところでヘルミーナ嬢が力を使ったのは、君自身の意思だったのかな？　もし違うのであれば、王宮へ呼んだ私個人としては君に謝らなければならない」

頭こそ下げなかったものの、王族であるルドルフから謝罪の姿勢を見せられ、ヘルミーナは慌てて首を振った。

ルドルフは、王宮に連れてくることでヘルミーナの身の安全を守り、その力を周囲に知られることなく隠せると思っていたのだろう。

しかし、ルドルフの気遣《きづか》いを他所《よそ》に、ヘルミーナは皆の前で神聖魔法を使ってしまった。それはもう全力で。

突然の出来事で、不本意といえば不本意だったのかもしれない。しかし、ヘルミーナはルドルフを真っ直ぐ見つめ、「王国のために、この力を使うと決めましたから」と言いきった。持ってきたあの青い瓶《びん》は、そのための意思表示だったのだ。

確固たる思いを伝えると、ルドルフは頷《うなず》いて表情を和らげた。

「ヘルミーナ嬢の選択を尊重しよう。また君の決断に感謝するよ。……ただ、王国のために君だけが頑張る必要はない、ということだけは覚えておいてほしい」

「……分かりました」

深く頷いて顔を上げると、3人とも表情を崩《くず》し「自分たちもいるのだから」というように笑った。

最初は、力不足だから頑張る必要はないと言われたのかと思ったが、勘違いだった。ここには頼れる人たちが他にもたくさんいる、だから自分だけが頑張る必要はないのだと理解した。

「事故のことは公表できないが、ヘルミーナ嬢が我が王国の騎士を助けてくれたのは事実だ。陛下が戻られたら、王室からも謝礼が支払われるだろう」

「そんな、恐れ多いです」

「遠慮しないでくれ。力を使うと決めたなら、君は対価を得ることにも慣れておいた方がいいだろう。先に何か欲しいものや、必要なものはあるかな？」

一昨日のレイブロン公爵と同じ状況になり、ヘルミーナは困惑した。欲しいものは驚くほど浮かんでこない。貴族令嬢らしくあれば、ドレスや宝石を望んでいたかもしれないが……。

王宮に来る前に必要なものは買い揃えてしまったし、何より質素で地味な身なりを強いられてきたヘルミーナは、着飾ることに消極的だった。それは簡単に変えられるものではない。

思い悩んだ末に、１つだけ必要なものを思い出して口を開いた。

「あの、実は……騎士の皆さんに使った青い瓶ですが、本来は王室へ献上させていただこうと思っていた品だったんです……」

「王室への献上品か、なるほど」

「……ご存知の通り、献上する前に使ってしまいましたが」

本当ならあの青い瓶は、「王国に力を捧《ささ》げる」ヘルミーナの意志であり、忠誠であり、神聖魔法の確かな証拠でもあった。魔法水の研究材料になればとも思っていたが、肝心《かんじん》の中身は一昨日のうちにほぼ使いきってしまった。……王室への献上品を。

すると、聞いていたルドルフの目が鋭くなった気がする。横にいたアネッサは「まあ」と声を上げて、あとは扇《おうぎ》で口元を隠してしまった。カイザーは隣でキョトンとしている。それでもヘルミーナは肩を竦《すく》めつつ話を続けた。

「それで、改めてご用意したいと考えているのですが、ラベルのない青い瓶ですと中身が見えず不安になられる方がいらっしゃったので、何か他によい入れ物はないかと思い……いえ、考えた次第です……」

話しながら、これは何かの罪に問われるかもしれないと不安になってきた。

それなのに、３人はヘルミーナから視線を逸《そ》らし始めた。アネッサは扇で顔を隠し、ルドルフとカイザーは口元を押さえて肩を震わせている。ヘルミーナにとって笑い事ではないのに。

「ふぅー……。ああ、ごめんね。君の希望は分かった。献上品に相応《ふさわ》しい入れ物なら明日にでも用意させよう。無論、なんの罪にも問わないから安心してほしい。ただ君が魔法を使う時は、同席させてもらってもいいかな？」

「それはもちろん、大丈夫です」

また寿命が縮むかと思ったが、今回も無事に済んだことにホッと胸を撫《な》で下ろした。

一安心したヘルミーナはお茶の入ったカップを持ち上げる。それから、高貴な御三方《おさんかた》がいつまで笑いを堪《こら》えられるか、暫く見守ることにした。

食後のティータイムまで楽しんだヘルミーナは、満腹のお腹を抱えながら部屋に戻った。その時も誰かとすれ違うことはなく、廊下は異常なほど静まり返っていた。

違和感を覚えてカイザーに訊《たず》ねると、元々ここは他国の元首クラスが来訪した際に使われる部屋で、王室の許可がない限り入ることは許されない区域らしい。もし彼らに何かあれば、国家間の争いに繋がりかねない。そのため使用人たちも厳しく教育され、必要以上に関わらないようになっていた。また、分厚《ぶあつ》い壁の外側は厳重な警備体制が敷かれており、侵入は不可能だという。

そんな場所に通されたのかと思ったら、急に腰が引けた。

その夜、改めて一人きりになると、豪華絢爛《ごうかけんらん》な部屋に怖気《おじけ》づいてしまった。昨日は睡魔に負けてベッドに入り込んでしまったが、田舎の貴族令嬢が通される部屋ではない。とはいえ、ここで過ごすのもあと数日だ。国王陛下に挨拶《あいさつ》を済ませたら、もっと普通の部屋を用意してくれるだろう。……きっと。

暫くベッドの端っこに座って膝《ひざ》を抱いていたヘルミーナは、ふと廊下から引き寄せられるものを感じて床に降りた。その足で扉に近づくも、人の気配や物音はしない。それでも気になって扉を開いた。

「……誰か、いますか？」

扉から顔だけ出して周囲を窺《うかが》ってみたが、誰かがいる様子はなかった。気のせいだろうか。

しかし首を傾《かし》げた直後、より濃くなった影から声が返ってきた。

「ヘルミーナ様、いかがされましたか？」

「……団長様？」

今度は悲鳴を上げずに済んだ。ただ、薄暗い廊下から聞こえてきた低い声に、ヘルミーナは目を瞬《またた》かせた。

なぜ彼がこんな場所に立っているのだろうか。まるで、部屋を守る兵士のように。扉を開くと、部屋の明かりに照らされてマティアスの姿が露《あら》わになった。

「まさか、ずっと扉の前で警護を？」

「ヘルミーナ様が気にされる必要はありません。廊下は冷えますので、どうぞお部屋にお戻りください」

「ですが……」

気にするなと言われても、素直に頷けなかった。

マティアスはいつから部屋の前に立っていたのだろうか。部屋に戻っても、彼はそのまま立ち続けるのだろうか。色々訊ねたかったのに、マティアスは扉を掴んでヘルミーナを部屋の中へ促してくる。

「……貴女《あなた》がまた目覚めなくなるのではと心配なのです」

「え……？」

ぼそりと聞こえてきたマティアスの言葉に、ヘルミーナは振り返った。その拍子《ひょうし》に、目の前にあったマティアスの胸元に顔をぶつけてしまった。「痛っ」と言うほどではなかったのに、反射的に声が出てしまったようだ。

マティアスも顔を押さえるヘルミーナに手を伸ばしてきたが、その指先が触れることはなかった。

なぜなら、彼の胸元がいきなり光り出して、白い蔦《つた》がヘルミーナに向かって伸びてきたからだ。

「これは……」

突然の出来事に息を呑《の》む。けれど、それはヘルミーナがずっとマティアスに感じていた懐かしさの正体でもあった。


翌日、ルドルフが侍従を伴ってヘルミーナの元を訪れたのは、昼食をとったあとだった。護衛騎士としてリックも一緒だ。

ヘルミーナは丸テーブルを挟《はさ》んでルドルフと向かい合った。彼から体調を訊《き》かれて「問題ありません」と答えたが、むしろ「アネッサとカイザーも来たかったようだけど、彼らにもやることがあってね」と話すルドルフの方が、疲れた顔をしていた。

「本題に入る前に、私の侍従を紹介しよう。侍従のフィンだ」

「初めまして、ヘルミーナ様。センブルク一族で、リナルディ子爵家長男のフィン・リナルディと申します。気軽にフィンとお呼びください」

ルドルフに紹介された侍従は風属性の一族らしく、新緑を思わせるような薄緑色の髪に緑色の瞳をした青年だった。

同じ風属性でも、風の民であるマティアスとはまた違った印象だ。少なくともフィンの気配はしっかり感じることができた。

「フィンは王妃の甥《おい》でね。私が忙しい時は、彼を通して君に連絡することもあるだろう」

「分かりました。宜しくお願いします」

「それじゃ、頼まれていたものを持ってきたから、中身を確認してくれるかい？」

ルドルフの言葉に合わせ、フィンが持っていた木箱をテーブルに置いた。

王室の紋章《もんしょう》が蓋《ふた》に刻印され、側面に花の彫刻が施されて、正面には鍵穴がついている。箱だけでも存在感があるのだから、中に入っているのも相当のものだろう。

白い手袋を嵌《は》めた手でフィンがゆっくり箱を開き、ヘルミーナは固唾《かたず》を呑んで見守った。すると中から、黄金の装飾で縁取《ふちど》られた薄水色の丸瓶が現れた。蓋は王冠の形をしている。間違いなく高いやつだ。

「これでどうかな？」

「……綺麗《きれい》な入れ物だと思います」

おいくらですか？　とは恐ろしくて訊けず、瓶を褒《ほ》めることしかできなかった。

しかし、王室に献上することを考えれば、このぐらい高級なものでなければいけなかったのかもしれない。青い瓶は質より量を優先してしまったが、これは明らかに見た目を重視している。

「瓶を出して、蓋を開けてやってくれ」

「承知しました」

「聖杯《せいはい》より小さいが、直接いけそうかな？」

「このぐらいでしたら大丈夫です」

青い瓶と比べれば大きいが、聖杯よりは小さい。それでもヘルミーナは顎《あご》を引いて、一度握りしめた両手を丸瓶に向けて翳《かざ》した。

騎士団で最大限まで神聖魔法を放出したおかげか、光属性の魔力が以前より早く体内を巡《めぐ》るのが分かる。それを水魔法と混ぜて瓶の中に沈めていった。すると、空だった瓶から突如光が溢《あふ》れ出した。

ヘルミーナは顔を上げて、上手くいったことをルドルフに伝えた。彼は光を放つ瓶に目を細め、唖然《あぜん》としている侍従に口元を緩《ゆる》ませた。

「美しいね……。それに、輝きが強くなったようだ」

「ありがとうございます。実は、あれから隠れて練習していました」

光の神エルネスからの祝福に初めは困惑していたヘルミーナも、眠っていた冒険心をくすぐられて、新しい魔力を試さずにはいられなかった。最初は失敗続きだったが、練習していくうちに光の具合から上達していくのが目に見えて分かった。そして訓練に没頭すると、以前より上手く扱えるようになっていた。

ヘルミーナは照れながら、これまでの経緯をルドルフに話す。しかし、話の途中から彼の顔が徐々に険《けわ》しくなっていった。

「なるほど、隠れて練習を。ちなみに、その時作った魔法水はどうしたのかな？」

「それは……部屋の花瓶に入れたり、花壇や庭に撒《ま》いたり……」

誤解が起きないように「でも、失敗したものだけです……」と付け加えたが、部屋の空気が一変した。

突然額を押さえたルドルフは「――リック卿」と、後ろに控えていたリックを鋭く呼びつけた。ヘルミーナも反射的に視線を上げれば、リックは体を直角に折り曲げていた。

「申し訳ありませんでした！　私の管理が甘かったようですっ」

「……想定外の事態はどこでも起こりうるものだよ。今後もしっかり備えておくように。フィン、今すぐ騎士団に行ってレイブロン公爵に事情を説明し、第一騎士団のランス卿をテイト伯爵邸に向かわせてくれ。何か異常が起きていないか調べてくるようにと」

「畏《かしこ》まりました」

厳しい口調で命じるルドルフに、頭を下げるリックと、短く返事をして部屋を出ていくフィン。それを左見右見《とみこうみ》していたヘルミーナは、自分のやってしまったことにだんだん気づいて血の気が引いた。

両手をテーブルに載《の》せてこちらを見つめてくるルドルフに、顔を合わせられない。だらだらと冷や汗が流れ、ルドルフの溜め息に首を引っ込めた。

「ヘルミーナ嬢はもっと自分の能力について知る必要がありそうだね。神聖魔法は人の怪我《けが》や病気を簡単に治せてしまうものだ。失敗作でも、植物や土に影響が出て不思議じゃない」

「……大変、申し訳ありませんでした」

——弁解のしようもない。

ヘルミーナは心から謝罪し、ルドルフに深々と頭を下げた。

その後、テイト伯爵邸を調査したランスから、花瓶の花は枯《か》れずに咲き続け、庭と花壇は手入れが大変なほど元気に育っているという、宜しくない報告を受けることになる。

「――だが、まぁ……君が光属性の力を恐れず、使う気になってくれたのは嬉《うれ》しいよ」

短い沈黙のあと、ルドルフは表情を崩してなぜか安心したように笑った。もっと怒るか、呆《あき》れるかと思っていたのに、彼は驚くほどあっさりしていた。

ヘルミーナは下げていた頭を起こして、安堵《あんど》の息をついた。あとでリックとランスにも謝っておこう。彼らには迷惑をかけてばかりだ。

十分反省したところで、ヘルミーナはルドルフの顔色を窺いながら口を開いた。

「ですが、その神聖魔法も私の能力や知識だけでは限界があり、きちんと扱えているか分からなくて……」

今の話をエーリッヒにしたら、「努力が足りない」と突き放されるか、「そんなことも自分でできないのか」と文句を言われるか、「何もしなくていい」と興味すら持たれなかっただろう。だから、ルドルフにも幻滅《げんめつ》されるのではないかと内心怯《おび》えていた。

しかし、ルドルフは腕を組んで考える素振りを見せ、驚くほど真剣に相談に乗ってくれた。

「元々2つの属性を持つこと自体、とても稀《まれ》なんだよ。我々のように魔力を持って生まれた者は、最初から宿っている魔力を常に体内に巡らせている。普段何気なく使っている魔法も、深く考えながら使っている者は少ないだろう。だが、二重属性となれば別だ。前例がないわけじゃないが、２つの異なる魔力をどちらも反発しないように体内で巡らせるのは、はっきり言って不可能に近い」

「――……」

「私が二重属性について詳《くわ》しいのは変かな？」

「いいえっ！　ただ何も知らなかったので、とても勉強になります」

光属性はもちろん、二重属性に関しても無知だったヘルミーナは、ルドルフの説明に目を丸くした。

「……私も一時期、研究していたことがあってね」

「ルドルフ殿下が、二重属性の研究をですか？」

「専門的に研究している者が身近にいてね。その影響かな」

「その方にお会いすることは可能でしょうか？」

元より光の神エルネスから「無効化」という祝福を与えられた王族が、なぜ二重属性について研究していたのかは疑問だ。

ただ、言葉を濁《にご》すルドルフを見ると、それ以上踏み込むのは憚《はばか》られた。そこでヘルミーナは、ルドルフの話に出た人物に注目した。

「会わせることはできるけど、いいのかい？」

「いい、とは……？」

「二重属性は本当に貴重だ。それが光属性ともなれば尚更《なおさら》。ヘルミーナ嬢の存在が明るみに出れば学者たちが放っておかないだろう。君だって実験台にはなりたくはないだろ？」

それは、その通りだ。研究者の実験台になりたくて自ら名乗りを上げる者はいない。けれど、その貴重な二重属性を持った者が他にいない今、ヘルミーナほど研究の材料に適した者はいないだろう。

何より自分が知りたいのだ。これからのことを考えれば、無知でいるよりずっといい。

「でも、その方は殿下に影響を与えるほどの方でいらっしゃいます」

「ならば信用できる、と。それは喜んでもいいのかな。ただ、肝心の彼はとても気難しい人でね。私が命じたところで素直に協力してくれるかどうか。──王命でもない限り」

折角、二重属性について新たな知識が得られるかもしれないと思ったのに、相手は王太子のルドルフさえ手に負えない人物のようだ。そうなると、たかが伯爵令嬢1人に貴重な研究内容を教えてくれるとは思えない。

残念だけど諦《あきら》めるしかないと肩を落としたが、どういうわけかルドルフは悪戯《いたずら》を思いついた子供のように目を輝かせている。

「さて、どうする？　ヘルミーナ嬢がどうしても学びたいのであれば、その方法を教えてあげなくもないけど？」

「――――」

一体どこから誘導されていたのだろう。

満面の笑みを浮かべるルドルフに、共犯の片棒を担《かつ》がされている気分になる。けれど、ここまで聞かされて今更逃げられるわけがない。カイザーやアネッサがいれば止めてくれたかもしれないが、ヘルミーナの立場では大人しく彼に従うしかなかった。

ヘルミーナはルドルフに顔を近づけ「……どうすれば宜しいでしょうか？」と小声で訊ねていた。まるで、悪いことを計画している悪党のように。

内緒の打ち合わせをする2人の後ろには、止められないことを悔《く》やむリックの姿があった。

◆◇◆◇◆

ヘルミーナが王宮に来て数日、ついに国王夫妻が王城に帰ってきた。

主君が戻ってくると、城内の雰囲気はがらりと変わった。メイドたちは一層気を引き締めたようで、ピリッと張り詰めた緊張感がある。部屋で大人しく過ごしていたヘルミーナも、そわそわと落ち着かない。

そんな中、ルドルフの侍従であるフィンが、国王に謁見《えっけん》する日時を伝えにやってきた。

「謁見は明日の昼間になります。護衛の騎士が迎えに参りますので、一緒に転移装置《ポータル》に乗っていただき、特別貴賓室の場所《ゲート》まで移動してください。そちらでお待ちいただければ、担当の者が呼びに参りますので謁見の間にお入りください。王室の献上品はこちらで持たせていただきます」

「分かりました。色々ありがとうございます」

フィンの説明は簡潔で、とても分かりやすかった。それでいて丁寧《ていねい》で、余計な緊張が解けていくようだ。ヘルミーナはフィンに感謝の言葉を伝えた。

その時、フィンの視線が一瞬ヘルミーナの目と重なった。何か言いたげな表情を見せるフィンに、ヘルミーナは首を傾げた。

「どうかしましたか？」

「……あの、無礼《ぶれい》を承知でお伺《うかが》いしますが、ラゴル侯爵家のマティアス様が毎晩こちらにお越しになっていると聞きました。我が一族にも関わることですので、その……お二人の関係をお教えいただけないかと思い……」

「毎晩、ですか……？　いっ、いいえ！　私たちはまったく、そういう関係ではなく！　団長様は廊下で警護をされていらっしゃるだけかと！　ですから、私とは何もっ！」

予想外の質問にヘルミーナは全力で首と両手を振った。まさか、マティアスがあれからも毎晩扉の前に立っていたとは思わなかった。ヘルミーナは間違った噂《うわさ》が流れていないことを祈りつつ、マティアスとの関係を完全否定した。

するとフィンは「そうでしたか。失礼なことを訊いてしまい、申し訳ありませんでした」と謝ったが、その顔は落ち込んで見えた。そして彼は、何事もなかったように出ていった。

一方、こちらは嵐が過ぎ去ったあとのようだった。マティアスが毎晩来ているとは思わなかったし、彼とそういう仲だと思われていることに驚いてしまった。まさか、よりによって自分と疑われるなんて。かといって、どう謝っていいかも分からない。

ヘルミーナは深く息をついた。

婚約が正式に解消されていない身で、次のことなど考えられない。それに、婚約が白紙になったところで誰が「お荷物令嬢」と婚約してくれるだろうか。今は光属性を宿したから皆が優しくしてくれているだけで、そうでなければこのような場所に案内されることもなかった。

――求められているのは「私自身《ヘルミーナ》」ではない。

時々勘違いしてしまいそうになっても、社交界で浴びせられた言葉や視線がヘルミーナを現実に引き戻してくれた。貴重な力を手に入れたからといって、舞い上がってはいけない。ここには1人になっても生きていけるように、自分だけの居場所を探しに来たのだから。

もう誰かのお荷物にはなりたくない……。

ヘルミーナは気を取り直すように顔を二、三度叩《たた》いたあと、とりあえず今は明日の謁見に集中しようと自分に言い聞かせた。


謁見当日――。

いつもより気合いの入ったメイドたちに着飾られたヘルミーナは、その時点で体力の半分を失った。朝食をとらずにいて正解だった。紐《ひも》でぎっちり締め上げられたコルセットが内臓を圧迫してくる。

それでも、白いレースが幾重《いくえ》にも重なった、王宮で用意された水色のドレスを着せられると気分が高揚《こうよう》した。昔はよく、髪色に合わせたドレスを選んで着ていたのに、目立つという理由で袖《そで》を通さなくなってしまった。

ヘルミーナの支度《したく》が整うと、廊下で待機していた護衛の騎士が呼ばれた。入ってきたのはカイザーとリックだ。一瞬、マティアスが現れたら、どんな顔をして会えばいいだろうと考えてしまった。昨晩は彼のことが気がかりで扉を開けようとしたが、結局勇気がなくて何もできなかった。おかげで寝不足だ。

「大変よくお似合いです、ヘルミーナ様」

2人揃って近くまで来ると、リックがドレスアップした姿を褒めてくれた。彼の社交辞令は完璧《かんぺき》だ。ヘルミーナも笑顔で「ありがとうございます」と返すと、リックは「本心ですので」と念押ししてきた。大丈夫、分かっている。リックの隣で何も言わず固まっているカイザーを見れば尚更だ。すると、気を利かせたリックがカイザーを肘《ひじ》で突いた。

「……あ、ああ……こういう時はどんな言葉をかけたらいいか思いつかなくて」

「華《はな》やかな格好は、私には似合わないかもしれません」

「いや、そんなことは絶対にない！　団服も似合っていたし、お茶会の時に着替えてきた黄色のドレスも、先日の食事会で見せてくれた格好もどれも素晴らしかった。ただ、それをどう表現したらいいか分からないんだ。私の単純な言葉では君の美しさを表しきれなくて。そんな自分が不甲斐《ふがい》ない……」

本気で肩を落とすカイザーに、どうしたらいいか分からなくなったのはヘルミーナの方だ。

今のは冗談だろうか。それにしては気持ちがこもっていて、演技には思えなかった。優しいカイザーのことだから、これが普通なのかもしれない。でも、お世辞《せじ》すら言われたことのないヘルミーナには、心臓に悪かった。

慣れていない褒め言葉に恥ずかしくなってくる。ヘルミーナは顔の火照《ほて》りを感じながらなんとかお礼を言った。同時に、残っていた体力の半分がさらに削られた気がした。

カイザーにエスコートされつつ、ヘルミーナは転移装置に案内された。部屋からそれほど離れていないところを見ると、来訪した他国の元首のために設置されていることが分かる。転移先の特別貴賓室《きひん》は、まさに彼らが話し合いをする部屋だった。

場違いもいいところだ。いっそのこと転移装置で他の場所に飛んでいけないだろうか。そう思って振り返ったが、後ろからついてきたリックに「危ないですから前を向いてください」と叱《しか》られた。あれは逃げ出そうとするヘルミーナに気づいている顔だった。

「もしかして転移装置で気分が悪くなった？」

「大丈夫です……っ」

どれに触れても問題になりそうな高級品ばかりが納められた貴賓室で、大人しく立って待っていようとしたところ、気遣ってくれたカイザーに花柄の肘掛け椅子に座らされた。ヘルミーナは浅く腰掛けて、触れる面積を最小限にした。

その間もカイザーが目の前に跪《ひざまず》いて心配そうに見上げてくる。騎士団の一件以来、カイザーの過保護が増した気がする。

その時、貴賓室の扉が叩かれた。リックが出迎えると、上品な茶色のロングコートを着た男が中に入ってきた。背中まで伸びた黒髪に、漆黒《しっこく》の目は蛇《へび》のように細く釣《つ》り上がっている。その双眸《そうぼう》で見つめられて背筋がゾッとしてしまった。けれど、上等な服装を見ても高貴な身分であるはずなのに、男は扉の近くで立ち止まると頭を深く下げてきた。

「お迎えに参りました、テイト伯爵令嬢ヘルミーナ・テイト様。国王陛下がお待ちです。謁見の間までご案内致します」

「はい……！」

「尚、謁見の間には私も同席させていただきます。他にも同席を希望した者が数名おりますが、皆顔見知りのようで。私だけが初対面ということで、ご挨拶もかねてこちらに参った次第です。申し遅れましたが、私はモリス・ラスカーナと申します。王城では宰相の職に就《つ》いております」

「……宰相、さま。……初めまして、お会いできて光栄です」

モリスと名乗った男を、ヘルミーナはまじまじと見つめた。間近で見るエルメイト王国の宰相から目が離せなくなってしまったのだ。

彼について知っているのは基本的なことだ。元はラスカーナ一族に連なる侯爵家の次男で、宰相に就いた際に男爵の爵位を与えられ、のちにラスカーナ公爵の夫になった人だ。

王城内で彼ほど優秀な人間はおらず、常に国王の右腕としてエルメイト王室を支え、王国の中枢を担っている人物だ。

「こちらこそお目にかかれて光栄です。それでは参りましょう」

「宜しくお願いします」

失礼なほど見つめてしまったヘルミーナに、モリスは表情ひとつ変えることはなかった。

廊下へ出るとモリスが先に歩き、その後ろからヘルミーナとカイザーが続いた。リックはここまでらしい。人払《ひとばら》いが済んでいるのか、廊下には誰もいない。そして謁見の間に辿《たど》り着くと、両側に立っていた兵士たちが分厚い扉を開けてくれた。

中へ促されて謁見の間に足を踏み入れると、赤い絨毯《じゅうたん》が部屋の奥まで続いていた。辿っていくと階段があり、上った先には黄金の椅子がそびえ立つように置かれていた。そこに座っているのはもちろん、王冠を被《かぶ》った国王――リシャルド二世である。しかし、彼の隣にある王妃の椅子は空席だった。

一方、階段のすぐ下に王太子のルドルフが立っていた。右には案内してくれたモリス、左にはレイブロン公爵、マティアスと並び、そこへ一緒に来たカイザーも加わった。想像以上に物々《ものもの》しい雰囲気だ。

「――光の神エルネス様のご加護《かご》がありますように。エルメイト王国を導く光であらせられる国王陛下にお目通りが叶《かな》い光栄に存じます。テイト伯爵家長女、ヘルミーナ・テイトでございます」

「よくぞ参った、ヘルミーナよ。さあ、もっと近くに来るといい」

ヘルミーナは定められた場所で立ち止まると、膝を曲げてお辞儀《じぎ》した。ドレスが長くてよかった。ガクガクと震える足を見られずに済んだのだから。

低い姿勢で挨拶をすると、国王はすぐにヘルミーナを近くへ呼んだ。言われるがまま一歩だけ近づいたが、国王の反応はいまいちだ。もう少し近づいてみるが、距離はまだ十分ある。

すると、見かねたルドルフが「こっちにおいで」と手招いてくれた。さすがにそこまで近づくことはできなかったが、階段の近くまで足を進めると国王との距離は一気に縮まった。声もよく聞こえる。

「そなたのことはルドルフから聞き及んでいる」

「恐縮でございます」

「そう畏まらんでくれ。……と言っても難しいか」

ヘルミーナは目を伏せたまま直立していた。すでに緊張は限界に達していた。すると、国王は「ルドルフよ」と、息子に助けを求めたようだ。このまま何事もなく済んでくれることを願っているが、そうもいかないのが世の常だ。

ルドルフは騎士の後方で控えていたフィンを呼んで、ヘルミーナからの献上品を運ばせた。

「こちらはテイト伯爵令嬢より承《うけたまわ》った献上品でございます」

「ほう、これが神聖魔法で作られた魔法水か」

「仰る通りです、父上。ヘルミーナ嬢が作る際、私もその場に同席しておりました」

「そうか。魔法が一切禁じられている王城で、準備してくれたというのだな」

フィンがヘルミーナの近くで跪き、木箱を開いて魔法水の入った丸瓶を見せた。瓶はキラキラと輝き、最初に用意した時と変わりなかった。そのことに安堵したのも束《つか》の間《ま》、国王の一言でヘルミーナは青褪《あおざ》めた。

「…………え？」

「ふむ。魔法が使えない場所でも、光属性は関係ないということか」

「わ、私は……決してっ、王室に害をなそうとしたわけでは！」

どういうこと⁉　と、ヘルミーナは思わずルドルフを見てしまった。

献上品を用意する時、ルドルフはそこで魔法が禁じられていることも、使えないようになっていることも言わなかった。

まさか、ここに来て裁《さば》かれるなんてことになったらどうしよう。急に怖くなって震えると、何かがヘルミーナの右肩を優しく包み込んでくれた。

「陛下もルドルフ殿下も悪戯が過ぎますな。ヘルミーナ嬢に何かあれば、我々騎士団が黙っていませんぞ？」

温《ぬく》もりを感じて顔を上げると、レイブロン公爵がヘルミーナの肩を抱いて隣に立っていた。

それだけではない。マティアスとカイザーもレイブロン公爵に続くように、横に立っている。

驚いて目を見開くと、レイブロン公爵は口の端を持ち上げて笑っていた。でも、なぜだろう。完治《かんち》したはずの左目に、前と同じ黒の眼帯《がんたい》が掛けられていた。もしかして元に戻ってしまったのだろうか。不安になると、レイブロン公爵は国王を真っ直ぐに見据えた。

反逆とも思えるレイブロン公爵の行動に、モリスは冷静かつ戒《いまし》めるような口調で「レイブロン公爵、なんの真似《まね》ですか」と訊いた。それと裏腹に、国王は落ち着いた様子で薄く笑った。

「騎士団は此度《こたび》の件で彼女に恩があるというわけか」

「左様《さよう》です。しかし、それだけではありません」

そう言ってレイブロン公爵は、ヘルミーナの肩から離した手を自分の左目に持っていき、眼帯をもぎ取った。そして、彼は元通りになった左目を国王に見せた。20年間、癒《い》えることのなかった傷痕《きずあと》を。

「ここにいるヘルミーナ嬢のおかげで、20年ぶりに陛下を両眼で見ることができるようになりました。これで救われたのは、私だけではありますまい」

「……なんと、アルバンよっ」

レイブロン公爵は、ヘルミーナの存在を隠すために、傷が完治したあとも眼帯をしてくれていたのだろう。教会でも治せなかった目が治ったとあれば、騒ぎ出す者が出るかもしれない。だから以前と同じ姿でいてくれたのだ。ヘルミーナはレイブロン公爵の気遣いに胸を熱くした。

そして国王もまた、臣下の嬉しい報告に声を詰まらせたのだ。

王座に着いていた国王は、突然口元を押さえて小さな嗚咽《おえつ》を漏《も》らした。上体が傾きそうになった時、ルドルフとモリスが駆け寄った。国王は片手を上げて「大事ない」と口にしたが、体を戻す時に見えた顔は一気に老《ふ》け込んでしまったように感じる。

それでも威厳を保ったまま、黄金の双眸《そうぼう》が向けられた。

「……アルバンの傷を治したのはそなたか？」

「は、はい……仰る通りです」

「そうか……」

恐る恐る答えると、国王は顎髭《あごひげ》を撫でながら深い溜め息をついた。そこに込められた思いはなんだったのか。複雑そうな表情を浮かべる国王に、ヘルミーナは状況を掴めず焦《あせ》るばかりだ。

心配になって隣に立つレイブロン公爵を見上げると、彼は大丈夫だと頷いてきた。

その時、ヘルミーナを見下ろしていた国王の視線が、レイブロン公爵に移った。２人の視線が重なると、国王はようやく口元を緩《ゆる》ませた。

「目の傷が完治したと、すぐに教えてくれればよかったものを」

「それでは彼女への感謝も薄まってしまいましょう」

「そんなこと、あるはずがなかろう」

あるわけがない、ときっぱり言いきった国王が目尻《めじり》を下げると、レイブロン公爵も嬉しそうに口の端を持ち上げた。すると、室内に漂っていた重い空気が一気に晴れていった。

それから国王は天井を仰《あお》ぎ、零《こぼ》れ落ちそうになる涙を堪えるようにして、上を向いたまま口を開いた。

「随分昔のことだ。……魔物と戦う能力のない愚か者が、自分も戦えることを証明したくて周囲の反対を押し切り討伐についていった。だが、現実は想像以上に酷《ひど》いものだった」

「……父上」

「辿り着いた時には村1つが壊滅的な被害を受け、そこに住んでいた村人は魔物に食い荒らされていた。その血の臭《にお》いに誘われて、他の魔物たちも集まってきた。騎士団はすぐに討伐を始めたが、予想以上に数が多くてな。……魔物の大群に囲まれてしまった。無効化の魔力しか持たない愚か者は無我夢中で剣を振り回したが、1匹も倒すことができなかった。掌《てのひら》にも満たない魔鼠《まねずみ》ですら……っ」

国王は言いながら開いた掌を悔《くや》しそうに握りしめた。その姿に真っ先に反応したのはルドルフだった。感情を露わにして、非力な自分を嘆《なげ》く父親の姿を見るのは初めてだったのかもしれない。先程まで見せていた笑顔は消え去り、彼もまた悔しそうに拳《こぶし》を握りしめていた。息子だからこそ、彼にしか分からない何かがあるのだろう。

「そこに異端種の魔熊が現れ、騎士たちは奴《やつ》の爪《つめ》に倒れていった。あれほど恐ろしい魔物を目にしたのは初めてだ。とても剣1本で倒せない相手に、恐怖で足が竦んでしまった。その時、護衛騎士だったアルバンが余《よ》を庇《かば》い、左目を負傷してしまった。アルバンは片目を抉《えぐ》られたというのに、尚も剣に炎を纏《まと》わせて勇敢に戦い、魔熊をたった1人で倒してしまった。おかげで、他の魔物は恐れをなして逃げていったのだ……」

それは20年も前の出来事だ。自分を庇って片目を失った友にリシャルドは自責の念に駆られ、立場が変わった今も棘《とげ》のようなものがその胸に突き刺さっていた。

時折声を詰まらせながら語る話から、国王とレイブロン公爵の間に何があったのかを理解した。紐解《ひもと》いてみれば、とても苦い過去だった。

一連の話を終えた国王は椅子から立ち上がると、ゆっくりした足取りで階段を下りてきた。あの惨劇があった日に止まってしまった時間が、静かに動き出していくようだ。お互いの目に、若かりし頃の姿が映《うつ》っていても不思議ではなかった。

「アルバン……本当に、すまなかったな。余が軽率すぎたばかりに……」

「陛下、もう気になさいますな。この通り、ヘルミーナ嬢のおかげで左目は怪我をしていたのも忘れてしまったほどです」

国王はレイブロン公爵の前に来ると、彼の肩に手を載せて俯いた。レイブロン公爵が気遣いや励ましの言葉を送るたびに、国王は何度も頷いては声を震わせた。

王族であるが故《ゆえ》に、臣下の前で簡単に頭を下げることはできない。けれど、心優しい国王はこれまでに何度も、それこそ数えきれないほど心のうちで謝ってきたのだろう。

隣で聞いていたヘルミーナは自然に涙が溢れ、零れそうになったのを指で拭《ぬぐ》った。すると、目の前に影が差して顔を上げた。視線の先には国王が立っていた。

「礼を言うぞ、ヘルミーナよ。そなたのおかげで、胸につかえていたものが取れたようだ。あの時、魔物の討伐についていかなければアルバンが負傷することもなかった。余は、無二の親友に一生残る傷を負わせてしまった」

「……陛下」

「だが、今日……20年前と変わらない親友の顔を、また見ることができた！　これほどの喜びがあるだろうか。そなたには感謝してもしきれない……っ」

両方の掌を向けてきた国王に、ヘルミーナは反射的に両手を差し出した。と、ヘルミーナの小さな両手が国王の手によって力強く握られた。ヘルミーナを見つめてくる黄金色《こがねいろ》の瞳は、涙で揺れているように見えた。

何か言わなくてはいけないと思っても、いい言葉が思いつかない。その間にも視界が滲んで、ヘルミーナは震える唇を噛《か》んだ。

自分の方こそ救われているような気がして、泣きたい気持ちになったのだ。

「――情けない姿を見せてしまったな。先程の無礼もすまなかった。恩人にすることではなかった」

「いいえ。私が禁止されている場所で魔法を使ってしまったのが悪かったのです」

国王の手が離れると、それまでの緊張はなくなっていた。友を思う一面を見てしまったせいだろうか。国王である前に、彼も1人の人間なんだと感じることができた。

ヘルミーナは臆《おく》することなく「申し訳ありませんでした」と頭を下げたが、国王は片手を振って「謝罪する必要はない」と笑った。

「先程のは、そなたの緊張を解くための冗談だ。ルドルフが許可して使ったのであれば、王城内といえ問題はない。そうであろう？　ルドルフよ」

「仰る通りです、父上。私が同席していたので、問題はないでしょう。――それより父上、ヘルミーナ嬢に何か褒美《ほうび》を差し上げてはいかがですか？」

「それはもちろん、考えているとも。そなたは我が王国の盾《たて》であり、剣である騎士たちを救ったのだ。それ相当の褒美を贈《おく》らせてもらおう。何か欲しいものはあるか？」

またか、と思ったのは自分の胸だけに留《とど》めておく。すると、国王が「土地か？　爵位か？」と提案してきたが、どれもヘルミーナには分不相応だった。最初から希望するものを決めていなかったら、パニックを起こしていたことだろう。

ヘルミーナは躊躇《ためら》いがちに顔を上げると、国王の後ろに控えるルドルフを確認したあと、もう1人の顔色を窺ってから意を決するように答えた。

「では……しゃ、宰相様を……お貸しいただけないかと……！」

「――宰相だと？」

「私、でございますか？」

途中噛んでしまったが、褒美に宰相であるモリスを希望してきたヘルミーナに、ルドルフ以外の全員が驚いた。無理もない。それでもヘルミーナは、ドレスを握りしめながら続けざまに口を開いた。

「ルドルフ殿下より、宰相様が二重属性についてお詳しいと伺いました！　私はまだ光属性が発現したばかりで知らないことが多く、勉強不足です。ですから、私にご教授願えないかと思った次第です！」

希望した経緯を伝えると、張り詰めていた空気が一瞬で和らいだ。

貴族の令嬢が、いきなり国の宰相を借りたいなど前代未聞だろう。そこにやましい気持ちがなくても、王国の最も重要な情報を抱えるモリスを求めてきたとなれば、裏を考えずにはいられないのが権力者だ。

しかし、ヘルミーナが希望したのは、モリスが個人的に研究する二重属性の知識だった。とても褒美でねだるようなものではないのに、彼女はどこまでも「普通」だった。

「なるほど。ヘルミーナ様は大変、勉強家でいらっしゃるようですね。……そうですね、国王陛下が宜しければ私は構いませんよ。ええ、国王陛下がしっかり仕事をしてくだされば問題はないでしょうから」

「ぐ……っ。まさかお前たち、共謀したのではあるまいな」

「何を人聞きの悪いことを。それで父上、ヘルミーナ嬢の希望を聞いてあげないのですか？」

ルドルフに尋ねた時は「宰相のモリスは気難しく、王太子の自分から頼んでも協力してくれるか分からない」と言っていたが、実のところ本当に説得しなければならないのは国王の方だったようだ。国王とはいえ、自ら口にした褒美を反故《ほご》にすることはないだろう。

だから、この機会を狙《ねら》っていたのだ。ふとルドルフに視線をやると、今回も彼はいい笑顔を向けてきた。……敵に回したらいけない人だ。

息子の計画通りに事が進んでいるとは露知らず、国王は観念した様子で肩の力を抜いた。

「……うむ、承知した。我が右腕である宰相をそなたに貸してやろう」

項垂《うなだ》れながらも国王が了承すると、すかさずモリスが「ヘルミーナ様のために尽力致しましょう」と言った。とても気難しい人には思えず、モリスが快諾《かいだく》してくれたことでヘルミーナはホッとした。それから、「ありがとうございます」と膝を曲げた。

そうして、長く思えた国王との謁見は無事に終わった。謁見の間を出たヘルミーナは、ふらふらになりながら部屋に戻った。両脇から抱えられるようにして運んでもらった気もするが、よく覚えていない。

体力はすっかり枯渇《こかつ》していた。また皆に心配されてしまうと思いつつ、寝不足と気疲れから、ヘルミーナは部屋に入るなりベッドに飛び込んだ。

今日はいい夢が見られますように。そう願いながら、秒で布団に吸い込まれていった。

◆◇◆◇◆

王城にある宰相の執務室――。

「まさか、殿下自ら私とヘルミーナ様を引き合わせてくれるとは思いませんでした」

「私が動かなくても、貴方なら勝手に動くだろうと思っただけだよ。ああ、今はモリス先生と呼んだ方がいいかな？」

「どうぞご自由に」

一時「生徒」として出入りしていたルドルフは、そこへ久しぶりに足を運んでいた。

「ヘルミーナ嬢は、彼女の色から分かるように元は水属性の魔力を持って生まれた。そこに光属性が宿って、今は2つの魔力を所持する二重属性使いだ。これまで専門的に研究してきた先生としては、貴重な調査対象であるヘルミーナ嬢が気になって仕方ないのでは？」

「私を異常な人間のように仰るのはやめてください」

「正直に白状したらどうかな？　私だって最初は彼女の存在が信じられなかったよ」

言いながら、ルドルフは長テーブルに置かれた分厚い本を開いた。そこには人体の絵が描かれ、2種類の異なる色筆によって魔力の流れが書き記されていた。

1つは右足から左手に向かって流れ、もう片方は左足から入って右手に流れている。どちらも体内を巡って放出されているが、実際のところこれが正しいのかどうかは分かっていない。あくまで仮説を元に作られた書物だ。

すると、モリスはいくつかの本や道具を運んできてテーブルに並べ始めた。顔には出さなくても小躍《こおど》りしそうなほどはしゃいで見える彼に、ルドルフは肩を竦めた。

光属性を持つ者が現れたというだけでも王国中が大騒ぎになる。そこへ来て、生まれ持った魔力も消えずに残っている二重属性使い。それが、どれほど貴重か。ヘルミーナの存在が明るみに出れば、研究者たちがこぞって押しかけてくるだろう。厄介《やっかい》な者たちも。

だが彼女は、親元を離れたばかりの貴族令嬢だ。婚約解消の件や、社交界で受けてきた心の傷もある。暫くはその傷を癒やしながら、好きなことだけに目を向けてほしい。そう思って王宮に招いたのだが、騎士団での事故は予想外だった。

何よりヘルミーナ自らがあの惨状の中へ飛び込み、治療を施すとは思わなかったのだ。

なぜ彼女に光属性という「祝福」が与えられたのか。その理由が、少しだけ分かったような気もする。

何事にも一生懸命で努力を惜しまず、困っている人を放っておけない性格だからこそ、光の神エルネスは彼女を選んだのかもしれない。ただ、積極的に取り組もうとする姿勢は好ましいが、一方で自分の居場所を早く見つけなければと必死になっている様子も窺えた。

しかし、悠長にしていられないのはルドルフも同じだ。彼は開いていた本を閉じ、真剣な表情になるとテーブルの一点を見つめた。

「――魔物の動きが以前より活発になってきている。父上には悪いが、暫く地方の視察は控えてもらった方がいいだろう」

「王妃様の具合はいかがですか？」

「魔物討伐の指揮を執《と》って無理をしたようだ。でも怪我をしたわけじゃないから心配はいらないよ。ヘルミーナ嬢が献上してくれた魔法水もある」

「私を引き離すことで、陛下を王宮内に留まらせるように仕向けたのですね」

モリスは細い目をさらに細めて、静かに佇《たたず》むルドルフを見つめた。

次期国王としての風格はあるものの、まだ感情に流されてしまうところがある。自身の計画にヘルミーナを巻き込んだことを後悔していないとはいえ、婚約者のアネッサや親友のカイザーと同じように気遣うところを見ると、後ろめたさがあるのだろう。

すると、ルドルフは息を吐《は》き、テーブルに両手をついた。

「我々王族は、内《うち》の敵には強いが外の敵には弱い。誰かの力を借りなければ魔物を倒すこともできない。だから、時には力を誇示《こじ》したくなる時もある。かつて父上がしてしまった行動は許されるものではないが、私は父上の気持ちが痛いほど理解できる」

本来、王族は王国の民を守らなければいけない立場なのに、外に出れば民の方が強い。いくら剣術を磨いても、王族が構える剣の矛先《ほこさき》にいるのは魔物ではない。王族の敵はいつだって同じ王国の民なのだ。そんな滑稽《こっけい》な話があるだろうか。

王国を維持するために必要なこととして、何世代にも亘《わた》って王室は守られてきた。光の神エルネスの「祝福」を受けし、高貴な血筋。それは決して絶えることなく今日まで続いている。

「果たしてこれが光の神エルネスからの『祝福』なのか。私にはただの呪《のろ》いとしか――」

「いけません、ルドルフ殿下」

最後まで言いきらないうちにモリスが厳しい口調で遮《さえぎ》る。ルドルフは悔しそうに唇を噛んだあと、拳を握りしめて肩を震わせた。

　どうして「無効化」の能力なのか。

　なぜ王族だけは魔物を倒す力を与えられなかったのか。

　王室のあり方について悩んでいた時、二重属性を研究するモリスの存在を知り、ルドルフは彼と共に、もう1つの属性を得る方法はないかと模索するようになっていた。

　だが、あらゆる方法を試しても、「無」にする能力がある以上、他の属性を取り込むことはできなかった。諦めきれずに苦痛を伴う実験もし、取り憑《つ》かれたように研究に没頭したが、肉体や精神がボロボロになって断念せざるを得なかった。

　もしかしたらこれまでの王族の中にも、同じように試みた者がいたのかもしれない。いや、きっといたはずだ。

　第一王子のスペアとして、必ず生まれてくる第二王子——彼らはいずれ王室を離れ、無効化という能力を失い、その存在すら忘れられてしまう。そんな彼らの末路はいつだって悲惨なものだった。

　だから、この先も続いていくだろう「祝福」を受けし者たちが、同じことで苦しまないようにする方法を探し続けている。

「……魔物1匹倒せない王族が、なんの役に立つと言うのだ。私は王妃に守られるだけの無能な王にはなりたくない。それ以上に、弟のセシルを……忘れ去られる王族の1人にしたくないんだ……っ」

◆◇◆◇◆

ぐっすり眠った翌日、ヘルミーナは清々《すがすが》しい気持ちで、とある宮殿の中を歩いていた。全てから解き放たれたような解放感がある。

しかし、案内してくれたフィンに「今日からこちらがヘルミーナ様の過ごされる宮殿でございます」と言われて、まだ夢の中にいるのだなと思った……。

昨晩は夕食もとらずに寝てしまい、昨日の分を取り戻すように朝食を食べた。国王との謁見が終わって気が緩んだのかもしれない。見事に食べすぎた。お腹がぽっこり出ている。部屋から出ずに過ごすなら問題ないだろう、と思っていたところに、フィンがそよ風の如《ごと》く現れた。

「ヘルミーナ様がこれから過ごされる場所へ、案内させていただきます」

それは、待ちに待った嬉しい知らせだった。ようやくこの場違いな部屋から出られる。これほど華やかな部屋で過ごすことは二度とないだろう。

――そう、思っていた。次に過ごす部屋へ案内されるまでは。

「やぁ、ミーナちゃん。数日ぶりだね」

「ランス、どうしてこちらへ？」

フィンに続いて王宮内の転移装置に辿り着くと、そこにはランスの姿があった。

顔を合わせたのは騎士団の事故以来である。妙に懐かしく感じてしまったが、指折り数えると確かに数日しか経っていない。その間に初めて会う人が多かったせいか、慣れ親しんだ顔に安心感を覚える。

「元気だった？　誰にも虐《いじ》められてない？　こんなに痩《や》せ……てはいないね」

「……ここのご飯が美味《おい》しくて、つい食べすぎてしまって」

「それは何より。今日からミーナちゃんの護衛に復帰することになったから、また宜しくね」

「本当ですか⁉　戻ってきてくれて嬉しいです。ランスにはまだお礼と謝罪が済んでいなかったので」

ヘルミーナはぽっこり出たお腹を押さえつつ、護衛に戻ってくれたランスに喜んだ。

一方のランスは、「デートのお誘いなら大歓迎だけど、お礼と謝罪なら遠慮するよ」と笑った。この軽さも懐かしい。元気そうで何よりである。

「そういえば屋敷の方は大丈夫でしたか？　ランスが調査に行ってくれたんですよね？」

「ああ、あれねぇ。うん、大丈夫。みんな元気に育っていたよ」

それは駄目《だめ》なやつでは？　と思ったが、ランスの笑顔に誤魔化《ごまか》された。

失敗作だと思った魔法水を屋敷の庭や花壇に撒いてしまい、急遽ランスがテイト伯爵邸に赴《おもむ》いて調査をした。申し訳なくて謝ろうとした時、ランスがヘルミーナの頭にポンッと手を載せてきた。反射的に視線を上げれば、口の端を持ち上げたランスが「同じぐらいミーナちゃんの家族も元気だったよ」と教えてくれた。

これが危険なのだ。うっかり心を奪われないようにしていても、今のはズルい。子供扱いに怒ってみせると、ランスは声を上げて笑った。

そこへフィンの咳払《せきばら》いが聞こえてきた。「そろそろ宜しいでしょうか？」と言うフィンの声がやけに低い。彼の存在をすっかり忘れてしまっていた。ヘルミーナは急いでフィンの待つ転移装置に向かった。

３人揃って転移先に飛んだあと、フィンの案内で建物の中を歩いた。

城内のどこかだろうと思ったのに、日差しの降り注ぐ窓の向こうにそびえ立つ王城が見えた。確かに厳《おごそ》かな王城と違い、建物の内装は女性らしい造りだった。

「……あの、ここは一体」

「こちらは元々、王女様のために建てられた宮殿でございます」

「王女様の……」

「陛下との謁見後、正式に使用許可が下りましたので本日からこちらに移っていただきます」

「……誰がいらっしゃるんですか？」

もしかしたら王族の誰かが住んでいて、侍女として働かせてくれるのかもしれない。行儀見習いとして、上流階級の婦人に貴族令嬢が仕えるのは珍しくなかった。

個人的には、王太子妃となるアネッサの侍女も悪くないと考えていたのだが、フィンとランスの顔がなぜか険しくなった。

「誰って……ミーナちゃん？」

「ここで雇《やと》っていただけるということですよね？」

「いいえ、違います。今日からこちらが、ヘルミーナ様の過ごされる宮殿でございます」

宮殿の一室を使わせてくれる話だと思っていたのに、どうも違うようだ。しかし、誰が宮殿の全てを貸してもらえると思うだろうか。

――これは夢だ。そう思ってヘルミーナは静かに目を閉じた。夢なら今すぐ醒めてほしい。けれど、いくら待っても現実は変わらなかった。こんな扱いを受けるために「祝福」を与えられたわけではないのに。ヘルミーナは恐ろしくなって首を振った。

「私には無理です！　こんな場所、恐れ多くて使えません！」

「ミーナちゃん、落ち着いて」

「ランスも無理だと言ってください！」

この世の終わりのような顔をするヘルミーナを、ランスは笑いながら宥めてくる。他人事《ひとごと》だと思って。横ではフィンが、爽《さわ》やかな笑顔を浮かべていた。さすがルドルフの侍従である。

「こちらは建てられてから一度も使われていない宮殿でございますので、周囲からの視線もありません。念のため移動の際は転移装置を使用していただきますが、それ以外は気兼ねなくお使いいただけるかと思います。また、ヘルミーナ様に仕える侍女やメイドはこちらでご用意致しました。のちほど紹介させていただきます」

「…………そう、ですか」

口を挟む余地がないぐらい、フィンが捲《まく》し立てるように言ってきた。次から次に説明されて「待ってください」とも言えず、頭から煙が出てくる前に大人しく従うことにした。

優秀な侍従によって宮殿の隅々《すみずみ》まで案内されたヘルミーナは、今日もぐっすり眠れそうだと諦め始めていた。

最後に連れていかれたのは宮殿の中庭だ。外に出ると心地よい風が吹いて髪が靡いた。使われていない宮殿とはいえ手入れが行き届き、花壇に植えられた花も綺麗に咲いていた。

その時、どこからともなく小さな足音が聞こえてきた。ヘルミーナを守るようにランスが前へ出るものの、こちらに向かって走ってくる相手を見て誰もが驚いた。

３人の前に現れたのは、白金の髪を揺らし、黄金色の瞳を持った男の子だった。ルドルフがそのまま小さくなったような外見に、正体はすぐに知れた。

「――光の神エルネス様のご加護がありますように。セシル殿下にご挨拶申し上げます」

フィンが先に頭を下げて挨拶すると、ヘルミーナとランスもそれに続いた。ヘルミーナはドレスを広げて膝を曲げる。そこへ、セシルが目的のものを見つけた顔で近づいてきた。

「貴女が光の神エルネス様の祝福を受けたご令嬢ですか？」

大きな金色の瞳がヘルミーナを見上げてきた。感動を覚えてしまうほどの可愛さだ。喉《のど》から何かが飛び出してきそうになって、慌てて口元を押さえる。

王太子であるルドルフは、一回り年の離れた第二王子の弟を溺愛《できあい》していると聞いたことがあるが、なるほどと理解した。どこから見ても完璧な愛らしさに、涙まで出てきてしまいそうだ。

ヘルミーナは荒くなる鼻息を堪え、頭を下げて答えた。

「仰る通りです、セシル殿下」

「では、貴女が私の姉上になられるんですね」

「…………はい？」

聞き間違えだろうか。今、姉と聞こえた気がする。一瞬呆けてしまうと、セシルは困惑した顔で見上げてきた。

「違うのですか？」

「ちっ、違います！　私のような者が殿下の姉になど……！」

もしかしたら、次期王太子妃のアネッサと勘違いしているのかもしれない。セシルの姉になるということは、つまり王室に名を連ねるということだ。

……いや、待てよ。ヘルミーナにも妹がいる。仮に妹がセシルと結婚することになれば、ヘルミーナはセシルの義姉《あね》になる。でも、そんな話は聞いていない。そもそもセシルの姉になるという話はどこから来たのか。混乱していると、セシルがさらに近づいてきて大きな瞳を潤《うる》ませながら言った。

「僕の姉上に、なってはくれないのですか……？」

「いえ、あの、その……っ、なりま……っ」

「なります！」と、勢い余って叫《さけ》びそうになった言葉を必死で呑み込む。首を傾げてくるセシルの破壊力に、悲鳴を上げなかった自分を褒めてあげたい。身も心も捧げてしまいそうな可愛さの暴力に、ヘルミーナは卒倒しかけた。実際、ランスに背中を支えられていなかったら後ろに倒れ込んでいた。

ヘルミーナが悶絶《もんぜつ》してしまい、この状況をどうにかできたのは、普段から面識も免疫《めんえき》もあるフィンだけだった。

「セシル殿下、ヘルミーナ様を困らせてはいけません。護衛の騎士はどうされたのですか？　貴方に何かあればルドルフ殿下が悲しまれますよ」

「……僕だって彼女に会いたかったのに、兄上が許してくれなくて」

「それは何か考えがあってのことでしょう。ルドルフ殿下はセシル殿下をとても大切にしていらっしゃいますから。宜しければ私と一緒に戻りましょう。きっと他の者たちも探しているはずです」

フィンに叱られて肩を落とす姿も可愛い。ヘルミーナの中で溢れんばかりの母性が大暴れしている。何か問題が起きてしまう前に、フィンがセシルを連れていってくれて助かった。

自分の弟と妹だってもちろん可愛いが、セシルはまた次元の違う愛らしさだった。

「なんですか、あの可愛らしい生き物は！」

「ルドルフ殿下にそっくりだよね」

「いいえ、ルドルフ殿下にはない純粋さがセシル殿下にはあります！」

興奮しながら言いきると、ランスは「ミーナちゃんも言うようになったね。ルドルフ殿下となんかあった？」と苦笑された。

ヘルミーナは遠ざかっていくセシルの後ろ姿を眺め、頬《ほお》の筋肉を緩ませた。

「セシル殿下は将来騎士になりたいって、騎士団の練武場にもよく来てくれるんだよね」

「騎士に！　それは素敵な夢ですね」

「そうだね。……叶わない夢だって分かっていても、俺たちだって応援したくなるよ」

「――――」

叶わない夢、と言われてヘルミーナはランスを見た。言葉の意味を訊ねようとしたが、同じくセシルを見送るランスの横顔を見て声が出なかった。

王族が騎士を目指すことがどんなに難しいか、この時のヘルミーナはまだ知らずにいた。


王宮の敷地に建てられた「アイリネス宮殿」――別名、沈黙の宮殿。

遠い昔、女の子の誕生を願った国王が、いつか生まれてくる王女のために、数十年の歳月《さいげつ》をかけて造らせた宮殿である。白を基調とした白亜《はくあ》の宮殿は、王国の中で最も美しい建物だと言われている。しかし、宮殿が完成したあと、エルメイト王室に王女が誕生した記録は一切ない。

それでも王室は魔法石や魔道具を使って宮殿の保存に努め、花壇には「希望」を意味する花が季節ごとに咲き誇っていた。

その宮殿の臨時主人となったヘルミーナは、早速1人の講師を迎え入れていた。

「ご機嫌よう、宰相様。このたびはお時間を取っていただき感謝致します」

「こちらこそ私を指名していただき光栄です。どうぞ、私のことはモリスと。ルドルフ殿下は以前、私をモリス先生と呼んでいらっしゃいましたが、ヘルミーナ様もお好きなようにお呼びください」

「では、私もモリス先生とお呼び致します」

緊張していることが伝わらないように、主《あるじ》らしくモリスをソファーに促す。

モリスは茶色の長衣《ちょうい》にベルトを巻いて、手には大きな鞄《かばん》を持っていた。仕事中はきっちりした服を着込んでいたが、こちらが本来の姿なのだろう。堅苦しい格好は好きではないようだ。

「モリス先生、侍女と護衛を同席させても構いませんか？」

「ええ、構いませんよ。実験の途中で何が起こるか分かりませんから、むしろ同席していただいた方が宜しいでしょう」

ソファーに腰を下ろしたモリスは、早速鞄を開いて持ってきたものをテーブルに並べ始めた。使い古した本に、魔力を測定する水晶、羽根ペンや紙、その他にも色々なものが出てくる。中には正体不明の物体まであった。

ただ、道具を準備するモリスは落ち着いていたが、護衛として後ろに控えていたリックと、専属侍女のメアリは彼の言葉を無視できなかった。ちなみにメアリはリックの妹である。剣術も学んだ、護衛もできる万能な侍女である。

「宰相殿、それは危険が伴う授業ということでしょうか？」

「ヘルミーナ様に何かあっては困ります！」

「そうですね。危険かどうかは、正直やってみないと分かりません。なにせ二重属性の方を前にしたのはこれが初めてですから。もちろん、危険と判断した場合はすぐに中止させていただきます」

そう言ってモリスは、胸ポケットから眼鏡《めがね》を取り出して顔に掛けた。レンズ越しに見つめられると、反射的に背筋が伸びてしまう。蛇に睨まれた蛙《かえる》は動けなくなると言うが、蛙の気持ちが分かるようだ。

しかし、この授業は自ら望んだことだ。不足する知識を補えば、今よりずっと上手に魔法が扱えるようになるかもしれない。ヘルミーナは肩の力を抜くように息を吐いて、モリスに「宜しくお願いします」と視線を合わせた。

「では、基礎から始めていきましょう。王国に存在する4つの属性はお分かりですか？」

「火属性、水属性、風属性、土属性です」

「仰る通りです。エルメイト王国の民は必ず、この4つの属性の中から1つの魔力を持って生まれてきます。かく言う私も土属性の魔力を持っています」

モリスは説明しつつ、右手を出して掌に魔力を放出させた。すると、掌の上に土の塊《かたまり》が現れ、何度か形を変えたあと、帽子を被った熊が現れた。

掌に乗るほど小さな熊がテーブルに飛び移り、ヘルミーナの前に来ると、帽子を取ってお辞儀をしてくる。思わず「わあ！」と声を上げると、熊は照れ臭《くさ》そうに帽子で顔を隠した。直後、一瞬にして消えてしまった。

「——と、こんな具合です。ヘルミーナ様は水属性をお持ちかと存じます」

「はい。……魔力はとても少ないのですが」

「属性と魔力は9割が遺伝で決まると言われております。土属性同士の両親であれば、生まれてくる子も必ず土属性になります。一方、違う属性同士の婚姻《こんいん》であれば、子供は魔力が高い方の属性を持って生まれてくるのが一般的です。しかし、見える魔力が全てではありません」

「生まれながらに誰もが持っているという、潜在魔力のことでしょうか？」

「しっかり勉強されているようですね。普段、我々が使っている魔力は、全体の半分にも満たないと言われています。ですが、民の中には潜在魔力を引き出して覚醒《かくせい》する者もいます。それが第二次覚醒です」

話の流れから第二次覚醒の話になることは分かっていた。それを聞けば、考えないようにしていたエーリッヒの顔がチラつくことも覚悟していた。でも、今は雑念を払ってモリスの声に集中した。

「第二次覚醒も二重属性同様、覚醒方法については分かっておりません。ただ、覚醒をした者の多くは身に危険が迫った時に開花したと聞きます。おそらく、無意識のうちに潜在魔力を引き出したのではないかと思われます」

「——……」

「それでは次に、二重属性についてお話ししましょう」

ヘルミーナは上手く顔が作れなかった。子供の頃に植えつけられてしまった恐怖は、そう簡単に癒えるものではない。

幸いなことに、モリスはヘルミーナの婚約者について一度も触れてこなかった。社交界で流れているヘルミーナの評判はすでに知っているだろう。しかし、敢《あ》えて避けてくれたのか、おかげで気持ちが途切れることなく彼の授業に打ち込めた。

「二重属性はご存知の通り、属性を2つ持つことです。これまでの歴史の中で、数例ほど報告されています。1人はヘルミーナ様と同じように光属性を与えられた聖女様です。彼女は元々、土属性を持っていました。こちらはあまり知られていないかと思います」

「……初めて知りました。聖女様は生まれながらに光属性があったものとばかり」

「聖女様は元々孤児として教会で育ちましたから、彼女の両親や子供時代については殆《ほとん》ど知られていません。中には聖女様が、異世界から来た少女だと言う方もいらっしゃいました。ですが、ラスカーナ公爵家に残された書物に、聖女様に関する記述がありました。一族は光属性を宿した彼女を保護しようと、随分手を尽くされたようです。結局は教会に断られ、彼女は神殿へ連れていかれました。そこで聖女の称号を与えられて、俗世《ぞくせ》から切り離された生活を送ったようです」

「聖女様の伝説は書物などでも目にする機会がありましたが、晩年はどうされていたのか書かれたものはありませんでした」

「私も詳しくは知りませんが、聖女様は多くの民を癒やし、多くの魔物を浄化《じょうか》したことで床《とこ》に臥《ふ》せ、若くしてお亡くなりになったと言われています」

「そんなことが……」

聖女の話になった途端《とたん》、熱く語り出したモリスだが、ヘルミーナもまた初めて知る事実に驚きを隠せなかった。

書物などに描かれた聖女は、黄金の髪と目を持った、光の神エルネスの化身とまで言われるような容姿だった。そして、西の城壁に押し寄せてきた魔物の大群を、光の防壁を作って防ぎきったという伝説がある。もしかしたら、土属性による土の壁と光属性の魔力を掛け合わせたのかもしれない。

同じ光属性を与えられた今、聖女こそ師となる存在だろう。それだけに知り得なかった聖女の情報をもっと知りたくなった。だが、モリスはそれ以上語るつもりはなかったようだ。

「……話を戻しましょう。聖女様の他に、魔王を討伐したある勇者が二重属性です。聖女様よりずっと前の話になるため、こちらも定かではありませんが、彼の場合は火と風の属性が使えたと言われております。そして最後に、口に出すのも憚られますが……魔物の王も、闇属性と他の属性を持っていたとされています」

「勇者と、魔王ですか」

聖女と勇者と魔王。どれも自分とは比較にならない歴史上の人物に、胃が重くなった。とても恥ずかしくて、名乗り出ることなどできない。改めて、なぜ自分だったのだろうと思わずにはいられなかった。

その後も授業は続き、魔法や魔力、属性について学び直したヘルミーナは、すっかりモリスの話にのめり込んでいた。魔法に関しては子供の頃に一通り学び終えると、専門的な仕事にでも就かない限り、再び勉強することはない。

貴族令嬢で重要視されるのは、結婚適齢期に婚姻して、優れた子供を生むことだ。昔と違い女性も騎士になれる時代になってきたが、女性の地位はまだまだ低い。それだけに、貴族令嬢のヘルミーナが上流貴族であるモリスと学び合っているのはとても珍しいことだった。

モリスは一通り説明を終えると、今度はテーブルに並べた道具に手を伸ばした。

「それでは実際にやってみましょう」

「こちらは魔力測定器ですか？」

「半分当たりですが、半分は違います。魔力を測ることも可能ですが、どちらかと言えば魔力の流れを読むことがメインになります」

「魔力の流れを……」

「最初に水属性の魔力を流していただけますか？」

最初に差し出されたのは、青い布が掛けられた台に載る、透明な水晶だった。

気になって水晶の中を覗《のぞ》き込むと、中央だけが七色に輝いていた。吸い込まれそうなほど綺麗な水晶玉に見惚《みと》れてしまったあと、ヘルミーナはそっと手を載せた。

水属性の魔力を流し込むと、水晶が青色に輝いた。同時に中心部分に渦《うず》が巻き始め、最後は水晶全体を巡るように大きく左回転した。モリスは水晶をじっくり観察したあと、眼鏡を押し上げた。

「……では次に、光属性の魔力をお願いします」

「分かりました」

良いとも悪いとも言われず不安に駆られるも、ヘルミーナはモリスに言われるまま光属性の魔力に切り替えて水晶に流し込んだ。

すると、今度は水晶が白く輝き出した。だが、変わったのは水晶の色だけだ。ヘルミーナは祈るような気持ちで、沈黙したまま微動だにしないモリスの顔色を窺った。

「微量ですが、水の魔力も混ざっていますね」

「すっ、すみません」

「いいえ、違います。ヘルミーナ様は今、２つの魔力を同時に放出されたということです。ですが、水晶は先程と変わらず回転したままです。つまり体内を巡る魔力は、属性によらず同じ回路を流れていると推測しました。実に素晴らしい。こんなことが可能だとは……。なるほど、だから魔法が使えない王城の中でも魔法が使えたのでしょう。光属性は無効化の能力を受けませんから」

「１人で訓練していた時も魔力の切り替えが難しかったのですが、何かコツみたいなものはありますか？」

「手段がないわけではありません。ただ、ヘルミーナ様はあまり好きではないかもしれません。宿敵のようなものでしょうから」

「宿敵……」

「それがこちらになります。王族が魔法石に魔力を流して作られた、魔法を無効化する魔道具です」

「……これが例の」

それはなんの変哲もない真四角《ましかく》の白い箱だった。しかし、ヘルミーナにとっては天敵とも呼べる道具だ。それを前にして自然と肩に力が入った。この魔道具のおかげで反逆の罪に問われそうになったり、国王から咎《とが》を受けそうになった。

つい見つめる目に力が入っていると、魔道具を持ち上げたモリスから「こちら1つで首都に庭付きの屋敷が建てられます」と言われて、あまりの値段にヘルミーナの顔が崩れた。後ろに控えていたリックとメアリも、反応は一緒だった。

「とてもお高いのですね……」

「ええ、とても貴重な代物です。ですが、売買は禁止されていますので、値段はあくまで私の推測に過ぎません」

そこまで高価なものだとは、思わず身を引いてしまう。無効化の魔道具については以前、アネッサが簡単にではあるが説明してくれた。その時も、値段が高くて一部の上流貴族しか購入できないと言われたことを思い出す。

その魔道具をモリスが弄《いじ》った。すると、上の蓋が開いて中から黄金に光る魔法石が自動で持ち上がった。宝石が明るく光ると、室内の空気が一瞬乱れる。

実際は体内を巡る魔力が、魔道具の力を感じ取ったようだ。言いようのない感覚に首を捻《ひね》ると、モリスは稼働させた魔道具をヘルミーナの前に置いた。

ヘルミーナは使うかどうか悩んだあと、恐る恐る魔道具に手を伸ばした。瞬間、体内を巡っていた魔力が弾け飛ぶように消えるのを感じた。反射的に手を引っ込めてしまうと、モリスが「いかがですか？」と訊いてくる。これが魔力を消される感覚なのか。ヘルミーナは自分の手を見下ろして目を瞬かせた。

魔力が枯れれば命も失ってしまう民にとって、魔力は何より重要だ。それだけに魔力が抜ける感覚は気分のいいものではなかった。自ら命を危険に晒《さら》すようなものだ。しかし、ヘルミーナは体内を巡る魔力にある変化を感じていた。

「僅《わず》かですが、光属性の魔力が強くなったような気がします」

「水属性の魔力だけが抜けたのでしょう。そのまま強くなった光属性の魔力を、水属性の魔力を飲み込むような感じで巡らせてみてください」

「やってみます……」

頷いたヘルミーナは、目を閉じて体内を巡る魔力に意識を集中させた。２種類ある魔力はお互いに反発し合うことなく流れ、重なり合うこともない。発現したばかりの光属性の魔力が僅かだったのに対し、これまでヘルミーナの成長を支えてきた水属性の魔力は体の隅々まで流れていた。けれど今は、水属性の魔力が弱まっている。

ヘルミーナはモリスに言われた通り、水属性の魔力を外側から包み込むように光属性の魔力で覆った。次第に水属性の魔力が弱まってくると、騎士団で放出した時と同じ強い光を感じた。体全体に光属性の魔力が行き届くのを感じると、ヘルミーナは再び水晶に右手を載せた。その時、白い光の蔦が右手から現れて水晶に絡みつき、ヘルミーナの体まで伸びてきた。

その神秘的な光景に、モリス、リック、メアリは息を呑む。一方で水晶の中心が、先程と違って回転することなく中央に留まり、白く輝き出した。

「――これは凄《すご》い。……ああ、もう大丈夫ですよ」

「モリス先生、水晶が回転しなかったのですが」

「ええ、私もこのような現象は初めて見ました。そもそも光属性に魔力の流れはないのでしょう。そのため必要に応じて変化することが可能なのだと思います」

「私の水属性の魔力と同じ流れになり、一緒に使えるようになったということですか？」

「ええ、その通りです。光の神エルネス様は、全てを分かった上でお与えになったのかもしれません。どちらも大切に使えるようにと。今の感じを忘れずにいれば神聖魔法も上手に使いこなせるでしょう」

「ありがとうございます、モリス先生」

「いいえ、私の方こそ貴重な実験に立ち会えて嬉しく思います。そういえば1人での訓練もいいですが、より実践的に訓練するのも悪くないでしょう。ちょうどおすすめの場所がありますが、いかがですか？」

「おすすめの場所、ですか？」

「ええ、怪我人の絶えない場所なので、とてもいい訓練相手になりますよ」

言われてヘルミーナは「あ……っ」と声を漏らした。そんな場所は、彼女が知る限り1つしかない。

ヘルミーナが後ろにいたリックを見ると、彼はすでに悟《さと》った顔で「私で宜しければ騎士団総長にお伺いしてきます」と言った。

◆◇◆◇◆

「そういえば最近、マティアス団長とカイザー副団長の姿が見えないな」

「2人なら、騎士団の規則に触れた罰《ばつ》で、第二騎士団が取り逃がした魔物の狩りに出かけてるよ」

「なんだって……？　それは……山が一面焼け野原になってないといいな……」

神聖魔法を訓練するため、暫く騎士団の病室で治療をさせてもらえないか――。

その話は、リックやモリスの働きかけもあり、騎士団総長のレイブロン公爵にしっかり伝えられた。一方、レイブロン公爵は「ヘルミーナ嬢は私を破滅させたいらしい」と、笑いながら快諾してくれたようだ。

許しを得たルドルフは、騎士団の逼迫《ひっぱく》した医療体制と人手不足に目をつけて、直ちに予算会議で人員確保と予算の追加を訴えた。大臣の中には渋《しぶ》る者もいたが、国王陛下の視察に同行した第二騎士団の惨状が語られると、会議室は静まり返った。もし、ここで「騎士の鍛え方が足りないからだ」などと口を滑《すべ》らせれば、討伐を指揮した王妃への侮辱《ぶじょく》にもなる。

おかげで騎士団には見舞金や予算が追加され、人員確保の要望も聞き入れられた。

一方、そんないきさつを知らずに報告を受けたヘルミーナは、働けるようになったことを喜んだ。宮殿での生活は悪くなかったが、客人をもてなすような高待遇にいたたまれなくなっていた。……決して体重が気になったからではない。

そしてヘルミーナは、増員された使用人に紛《まぎ》れて騎士団に出入りすることになった。専属侍女のメアリも一緒についてきてくれることになり、とても心強い。主従関係ではあるものの、同年代の友人がいないヘルミーナにとって、メアリは気兼ねなく話せる相手だった。彼女のおかげで慣れない生活でも充実感を覚え、何より笑顔でいる時間が増えていた。

もちろん、光属性の魔法訓練もしっかり行っている。授業がない日は魔法水を作ったり、花壇や庭に神聖魔法をかけて経過を観察したりしていた。周囲を窺うことなく、魔法の訓練ができるのはよかった。うっかり頑張りすぎると庭師が大忙しで、草を刈ったり、増え続ける花壇の花を鉢に植え替えたりしてくれていた。

そんな周りのサポートもあり、ヘルミーナは二重属性を切り替えるコツを掴みつつあった。騎士団の宿舎に初めて案内された時よりも格段に成長しているはずだ。

ヘルミーナはメアリと共に、支給された使用人の服に着替え、転移装置を使った。

騎士団の宿舎に移動すると、すぐにランスが出迎えてくれた。「エプロン姿も素敵だね」と言うランスだが、臙脂《えんじ》色のワンピースに白いエプロンを着た使用人など見慣れているだろうに、褒めないと気が済まないようだ。そういう病気なのかもしれない。

ヘルミーナとメアリは、配属先の病室に向かった。途中の廊下ですれ違った騎士が、「あ」と声を漏らして軽く会釈《えしゃく》してくれた。

ランスに案内されたのは病室ではなく、医者や看護師の当直室だった。お世辞にも綺麗とは言えないほど室内は散らかっている。人手不足と言われる理由がよく分かった。横にいたメアリが「仕事には困らなそう」と呟《つぶや》くのが聞こえた。

しかし住めば都と言うだけあって、慣れてしまえばこの環境も気にならないのかもしれない。

白衣が掛けっぱなしの黒いソファーに、見覚えのある医者が座っていた。ロベルトだ。

彼は今しがた起きたといった感じで大きな欠伸《あくび》を零し、ヘルミーナたちに気づくとソファーから立ち上がった。

「本日よりロベルト先生の助手として働くことになったミーナです。宜しくお願い致します」

騎士団の使用人はいくつかの班に分かれていたが、とくに病室の人手不足は深刻で出入りが多かった。そのため簡単に、ヘルミーナとメアリは病室への配属に決まったのである。子爵令嬢のメアリはそのままリックの妹として入り、ヘルミーナは身分を偽り、平民の娘として雇用されることになった。ミーナ、と名乗ったのはそのためだ。

するとロベルトはヘルミーナの前に立って、小さく頷いた。

「話は聞いている。まあ、どちらかと言えば俺の方が助手になるだろうがな」

「いいえ！　先生の的確で素早い治療があるからこそ、患者の方々は無事でいられるのです。先生のご迷惑にならないよう頑張ります」

「……お嬢さんと話していると、自分が恥ずかしくなってくるな」

「え、どういう……」

「いいや、なんでもない。こちらこそ宜しく頼む」

一瞬、額を押さえたロベルトは、すぐに顔を上げて右手を差し出してきた。

ロベルトの握手に、ヘルミーナは笑顔で応じた。レイブロン公爵とはまた違った手だ。けれど、どちらの手にも、それぞれの道を極めた証《あかし》が刻まれている。

「早速で悪いんだが、実は数日前に討伐から戻ってきた第二騎士団の騎士たちが酷い怪我でな。ある程度の治療はしたんだが……状態がよくない」

「魔法水は前回ほどではありませんが、作ってきました。ただ、ご迷惑でなければ重傷の方は、私が直接治療したいと思います」

「迷惑なものか。それじゃついてきてくれ」

白衣を着たロベルトは、すでに医者の顔に戻っていた。

ヘルミーナも当然、使用人として働きに来たわけではない。騎士たちの治療にやってきたのだ。彼らが1日でも早く復帰できるように。ただ、まだ使いこなせていない光属性の魔力を訓練するためでもあった。神聖魔法の効果も調べる必要がある。

騎士を実験台にしてしまうようで後ろめたさはあったが、レイブロン公爵は「むしろ感謝したいのはこちらの方だ」と言ってくれた。その気持ちに少しでも報《むく》いるために、ヘルミーナはロベルトのあとについていった。

隣の病室にはみ出るほど、ベッドは怪我をした騎士で埋まっていた。ただ、前回の事故に比べると、怪我人は治療されたあとで落ち着いていた。

「重傷患者は左側のベッドだ。右側は比較的軽傷の患者になる。他にも怪我人はいるが、入院する程度じゃない奴には通ってもらっている」

「承知しました。では、メアリ……さん、は軽傷の方に青い瓶を。私は重傷の方から順番に治療していきます」

「俺は何を手伝えばいい？」

「ロベルト先生には、患者の症状を教えていただきたいです」

「ああ、分かった」

メアリは目礼《もくれい》して、ランスと共に青い瓶を配り始めた。ヘルミーナが宮殿で作った魔法水である。瓶のラベルにはそれぞれ魔力の高低を記し、メアリには効果を確認するように伝えていた。

瓶を確認しながら患者に配る様子を見て、ヘルミーナは自らも重傷患者の元に向かった。

「この患者は左腕と左足の骨折だ」

「……ありがとうございます」

端のベッドに着くと、ロベルトが患者の症状を教えてくれた。すでに包帯《ほうたい》が巻かれ、処置されている。前回と違って、血の臭いもしない。それでも騎士にとっては致命的な怪我だ。

ヘルミーナは患者の男性に向かい「手に触れますね」と断ってから、彼の右手に手を重ねた。そうすることで、より相手の状態を把握し、的確に魔法をかけることができる。

二重属性は、属性が増えても魔力が2倍になることはない、とモリスは言っていた。ヘルミーナの魔力はそれほど多くない。一度に放出すると、すぐに枯渇してしまう。そうならないために、患者の怪我の具合に応じて魔法を使っていく方法を決めた。

目を閉じて掌に魔力を込めると、淡い光が漏れる。男性は得体《えたい》の知れない現象にビクッとしたが、次第に信じられないものを見たような表情に変わっていった。

「――いかがですか？」

「あ、ああ……。痛みが、消えた」

「ロベルト先生、包帯を取っても宜しいですか？」

「それは俺がやろう」

医療関連の書物にも目を通しているが、実際にやってみるのは大違いだ。ロベルトが反対側に立って患者の包帯と添え木を外していく。すると、男性はますます驚いた顔で、自分の左腕を動かし始めた。

「……っ、動く、折れてた腕がっ。あ、足も……っ」

「よかったです。他に違和感はありませんか？」

「ないです、全く！　なぜ、こんなことが……っ」

奇跡だ、と口にした騎士の言葉に周囲はざわついた。折れていた腕と足が突然完治すれば、誰だってすぐには信じられないだろう。けれど、嬉しいことは自然に受け入れやすい。感動して涙ぐむ男性の顔を見て、こちらまで泣きそうになってしまった。

ヘルミーナは緩みそうになる感情をぐっと堪え、お礼を聞いてから次のベッドに移った。

そうして次の患者も魔法で治療すると、感動のあまり抱きつかれそうになった。その時は

「はいはーい。ミーナちゃんへのお触《さわ》りは禁止ー」と、ランスが間に入って止めてくれた。

左側にいた重傷患者を全て治療したあと、ヘルミーナはメアリと合流した。魔法水の効果を聞けば、1人が完全には回復しなかったようだ。といっても、肩を噛み千切《ちぎ》られた痕が僅かに塞《ふさ》がらない程度だったが。ヘルミーナは残りの魔力でその男性騎士も完璧に治した。

仕事をやり終えたヘルミーナは大きく息をついた。これなら病室に入れなかった軽傷の騎士も、数日後には全員治癒《ちゆ》できそうだ。ホッとしたところで、名を呼ばれた気がして振り返った。

「ヘルミーナ嬢はここにいるか？」

「カイザー様？」

随分懐かしい声が聞こえたかと思えば、全身ボロボロになったカイザーが現れた。

明らかについ先程まで戦っていたという様子に、事故の時を鮮明に思い出して息を呑んだ。

まさか、また魔物が？　あの日の恐怖が蘇《よみがえ》って立ち尽くしてしまう。するとランスが近づいてきた。

「大丈夫だよ、ミーナちゃん。２人とも、魔物の討伐から帰ってきただけだから」

「……魔物の、討伐？」

一度ランスを見上げたヘルミーナは、出入口へ視線をやった。確かにそこには２人、カイザーとマティアスが立っていた。使用人の姿をしたヘルミーナに気づくと、２人はあっという間に距離を詰めてきた。一瞬だった。

「ヘルミーナ様、なぜそのような格好を……」

「まさかルドに働かされて……？」

「ち、違います！　私が騎士団の病室で神聖魔法の訓練をしたいと言ったので！」

背筋が凍《こお》るような殺気を感じて、ヘルミーナは首を振った。ランスの話からすると、２人は魔物の討伐に出ていたようだ。だから知らなかったのだ。２人が危険を顧みず討伐に出かけていたことを、ヘルミーナが知らなかったように。

マティアスはカイザーほどボロボロになってはいなかったが、団服は汚れていた。彼らがどんな環境で戦っていたのか分からない。けれど、無事に戻ってきてくれた。ヘルミーナは肩の力を抜き、安堵の息をついた。

「……お二人とも無事で、よかったです。――お帰りなさい」

安心して顔が綻《ほころ》ぶ。その顔で２人に向かって言うと、カイザーは小刻みに震え出し、涙まで浮かべている。マティアスはじっとヘルミーナを凝視《ぎょうし》して動かなくなってしまった。違和感だらけの2人に「どうかしましたか……?」と訊ねたが、返事はなかった。「気にしなくていいよ」とランスは言うが、本当に大丈夫だろうか。

同じく一部始終を見ていた騎士たちは、察した様子で頷き、メアリはやれやれと肩を竦めている。1人オロオロするヘルミーナのところにロベルトがやってくると、「ほら、関係ない奴らはもう出ていけ」と、騎士団の誇る最強の2人を廊下へ追い出してしまった。

すると、病室には自然と笑い声が広がった。その笑いは次々に伝染し、悲しみに暮れる者は誰もいなくなっていた。

◆◇◆◇◆

「二重属性になっても魔力が2倍になることはありませんが、両方を同時に使用すると、二重に減っていくというのは厄介ですね」

定期的に行っている授業で、ヘルミーナの纏めた書類に目を通しながら、モリスは口を開いた。厄介、と言いながら、書類を見つめる目は鋭く光っている。

魔法について新しい発見をした時のモリスは、表情に殆ど出さないものの、子供のようにはしゃぐ。その顔を見るのがヘルミーナの密《ひそ》かな楽しみだ。船を見上げる時の父親と同じ顔をしていた。

「初めの頃は水魔法と一緒でないと神聖魔法を使えなかったので、掛け合わせたものになっていました。でも近頃は、訓練のおかげで魔力の切り替えができるようになり、元となる水をあらかじめ用意することにしました」

「……なるほど。聖女様も儀式では聖杯に水を入れ、それに神聖魔法をかけて治療薬を作っていたと言われています。水そのものに力はなかったと思われます」

「今回使用した水も、ごく普通の飲み水でした。水魔法と一緒に出すよりも、効果は高いことが分かりました」

「それだけ神聖魔法の精度が上がったということでしょう」

何度も書き直した書類を、ヘルミーナはモリスに手渡した。訓練の内容と効果、その時どれだけの魔力を使ったか、回復にはどれだけの時間を要したかなどを、事細かに記している。

「コップ1杯分の水にかける神聖魔法をそれぞれ低、中、高と3つに分けたのですね。とても分かりやすいです。低い神聖魔法をかけた魔法水の効果は、切り傷や打撲《だぼく》の治癒、中間は骨折や古傷を治し、そして最も効果の大きい魔法水は……あらゆる病気や怪我を完治させるものだと。これは誰かが実際に飲まれたのですか？」

「実は……ロベルト先生が、実験台になってくださいました。効果があやふやなものを患者に飲ませるわけにはいかないと、自ら飲まれて効果を教えていただきました」

「医者であるベーメ男爵が確かめたものですから、まず間違いないでしょう。少し羨ましく思いますが」

「あの、でしたらモリス先生も……」

「いいえ、私は遠慮しておきます。元気になりすぎると、仕事を増やされるだけですから」

どこか遠くを見つめるモリスに、ヘルミーナは口を閉じた。

国の宰相として多忙な毎日を送るモリスから、この授業の時間が唯一の息抜きだと漏らされたことがある。しかしモリスの滞在する時間は徐々に短くなっていき、負担をかけているのではないかと不安になっていた。もし、モリスが過労で倒れることがあったら、全力で治療するつもりだ。

「ちなみに魔法水は、1日でどのぐらい作れますか？」

「低い魔法水は1日20本から30本、中間は10数本程度、高いものは2本ぐらいが限界かと」

「それでは全ての魔力を出しきったとして、回復するにはどのぐらいの時間が必要だと思われますか？」

「私は魔力が少ないので、1日あれば回復できると思います」

「1日ですか……。その間は水魔法も使えなくなってしまうというわけですね」

魔力を溜めておける器《うつわ》が1つである以上、神聖魔法で魔力を使い果たしてしまうと、水魔法も必然的に使えなくなってしまう。身を守る術《すべ》がなくなってしまうということだ。

ヘルミーナが頷くと、モリスは考えるように顎を触った。

「二重属性の仕組みと、神聖魔法の効果については分かりました。まだまだ調査は必要ですが、ひとまずヘルミーナ様の負担を考えて、1日に使う魔力の量を決めた方が宜しいでしょう」

「……そう、ですね」

もし、もっと自分に魔力があったなら。無限に使える魔力があれば、こんな問題に頭を悩ませることはなかっただろう。何より「お荷物の婚約者」になることもなかった。

何度も、何度も、ヘルミーナを苦しませてきた問題。それがまた大きな壁となって立ちはだかってきた。ヘルミーナは両手を見下ろして、ひ弱な自分に溜め息をついた。

——負担を減らして効率を上げる方法か……。

モリスの授業のあと、ヘルミーナは少ない魔力でいかに魔法水を作っていくか、騎士の治療を行っていくかを考えていた。しかし、一晩経ってもいい方法は思い浮かばなかった。

聖女の記述がある書物を読み漁《あさ》ったが、彼女がどうやって多くの民を助けたのか、具体的な方法は書かれていなかった。どれも「奇跡」や「祝福」という言葉で表され、肝心なことは何も分からなかった。

魔力を限界まで使って、翌日寝込んでいては意味がない。魔力を気にすることなく神聖魔法を施すことができれば、より多くの人を救うことができるのに。

でも、きっといい方法があるはずだ。そんな確信がある。それなのに、その方法が思い浮かばない。いや、何か忘れているような気がしてならなかった。

「……さん、ミーナさん！」

「え、あ……」

がらんとした病室で作業をしていたヘルミーナは、呼びかけられてハッと我に返った。視線を上げると、男性騎士が困り顔でヘルミーナを見つめている。

何が……と思って視線を下げると、そこにはピカピカに輝いた腕があった。打撲で青くなっていた怪我は綺麗さっぱり完治し、男性の肌は赤子のような仕上がりになっていた。神聖魔法の掛けすぎだ。

「ご、ごめんなさいっ！」

ヘルミーナは騎士から手を離して謝った。必要以上に魔力を使ってしまった。騎士は、「治療してくださり、ありがとうございました」とお礼を言って、病室から出ていった。

「大丈夫ですか？」

「はい、平気です……」

椅子に座って呆然《ぼうぜん》としていると、護衛のリックが近づいてきた。余計な心配をかけてしまったようだ。ヘルミーナは締まりのない顔を両手で揉《も》み、肩の力を抜いた。

討伐で怪我を負った第二騎士団の治療は、先程の彼で終わった。他に訓練で怪我をした騎士の治療を行い、それも完了している。おかげで病室の患者は誰もいなくなった。

ただ、気がかりなこともある。騎士の話では、重傷を負った騎士が王都に戻ってこられず、まだ向こうに留まっていると聞いた。

魔法水を届けてもらおうかと考えたが、ベッドから起き上がることもできなかった騎士がいきなり完治して動いていたら大きな騒ぎになるだろう。光属性の存在が明るみに出れば、ヘルミーナの力を求めて多くの人が殺到するかもしれない。そうなった時、全員を治すことは難しい。かといって、誰かを選ぶこともできなかった。

ヘルミーナは焦る自分に、落ち着くように言い聞かせた。魔力の量となると、どうしても気落ちしてしまう。折角、騎士たちからの感謝を素直に受け入れられるようになったのに。もっと胸を張らなければ。

その時、近づいてくる足音が聞こえて、顔を上げた。

「ミーナ、今いいか?」

「どうかしましたか、ロベルト先生」

現れたのは、朝から席を外していたロベルトだ。

ヘルミーナの魔法水を飲んだからか、10歳は若返って見える。なんでも女性の騎士がロベルトを見るなり、一体どんな魔法を使ったのかと殺到したらしい。「美容にも効果があると知られれば、今度は女性騎士が病室に列をなしそうだ」と嘆息《たんそく》するロベルトに、ヘルミーナは口を結んだ。すでに、それを試したことがあるとは言えなかった。

「今日なんだが、練武場で大規模な訓練が行われる。緊急事態に備えて医者の要請があった。念のため君も一緒についてきてくれ」

「分かりました」

魔物を使った訓練ではないと言われて安堵したが、騎士同士の訓練を見るのは初めてだ。

ヘルミーナは上《うわ》の空だった気持ちを入れ替えて、一度も足を踏み入れたことのない騎士団の練武場に向かった。


ロベルトと練武場へ入ると、騎士たちが一面に広がって訓練をしていた。

剣の弾ける音が至るところから聞こえてくる。私兵の訓練を見学したことはあるが、雰囲気はまるで違っていた。訓練というよりは、一対一の真剣勝負を見せられている気分だ。激しい打ち合いに見ている方がハラハラしてしまう。

「来たか」

練武場の見学席に上がると、ヘルミーナたちを出迎えたのはレイブロン公爵だった。ヘルミーナが軽く膝を曲げて挨拶すると、レイブロン公爵は頷き返してくれた。

「今からルドルフ殿下とセシル殿下、大臣たちが視察にやってくる。普段通りで構わないと言っているんだが、こういう時に限っていつも以上に力を発揮《はっき》してしまう問題児がいてな」

「診る患者がいなくなったとはいえ、怪我人を作ってもらっては困るんだがな。それでなくても、ミーナの治療を求めて、病室に近づきもしなかった奴らまで足を運ぶようになったんだ。まぁ、気持ちは分からんでもないが」

レイブロン公爵とロベルトは気心の知れた間柄のようだ。身分差を感じさせない2人を後ろから眺めていると、不意に振り返られて背筋を伸ばした。「どうかしましたか？」と訊ねたが、2人は苦笑するだけで教えてくれなかった。

咳払いで誤魔化したレイブロン公爵は、「とりあえず宜しく頼む」と言ってきた。一方のロベルトも「下に行くぞ」と言い、何も聞けないままヘルミーナは再び背中を追った。

練武場に下りると、地面より一段低い場所に退避壕《たいひごう》があった。簡単な攻撃から身を守り、何かあればすぐに飛び出していける造りになっている。中には医療道具も揃っており、背後にあるドアを抜ければ宿舎の病室へ最短で向かえるらしい。常に備えているということだ。

ヘルミーナはロベルトと一緒に医療道具を確かめ、緊急事態の場合の打ち合わせを行った。ちなみにここでの神聖魔法は禁じられた。「大臣たちに見つかったら最後だ」という警告を、しっかり胸に刻む。

暫くすると、周囲が騒がしくなった。人の話し声がいくつも聞こえてくる。すると年の離れた兄弟が、護衛の騎士を率いて現れた。この王国で最も美しい兄弟と言っても過言ではない。見慣れていると思ったのに、臣下に囲まれたルドルフの姿を見ると、あまりの眩《まぶ》しさに目を瞬かせてしまった。

「やあ、ベーメ男爵。元気そうで何よりだ」

「光の神エルネスのご加護がありますように。ルドルフ王太子殿下とセシル殿下にお会いできて光栄です。このたび、ルドルフ殿下が騎士団の医療体制に目を向けてくださり、優秀な人材が入ってきたおかげで仕事が楽になりました。心より感謝申し上げます」

「それは何よりだ」

ルドルフがヘルミーナたちに気づいて声をかけてきた。ロベルトの挨拶に合わせて一緒に頭を下げる。けれど、ヘルミーナたちに興味を示したのはルドルフとセシルだけだった。大臣たちはレイブロン公爵を囲んで、腹の探り合いに熱を上げている。

ふと視線を感じて顔を上げると、ルドルフの後ろから顔を出したセシルが、他の人に見つからないようにこっそり手を振ってきた。あまりの可愛さに「ンンッ」と、声にならない声を漏らしてしまう。目立ってはいけないのに、思わぬ刺客がいたものだ。ヘルミーナは必死に口を押さえた。

その時、激しい爆発音がして、音がした方へ反射的に顔を向けた。遅れることすぐ、熱を含んだ突風が吹き抜けていく。

「今のはマティアス卿とカイザーだね」

「加減を知らない奴らですから」

「お互い譲《ゆず》れないものが増えたようだから力が入っているのかな」

一瞬、ルドルフと目が合う。彼はにっこり笑うと、すぐに練武場に視線を戻していた。

爆発が起きたところで再び火柱《ひばしら》が上がった。先程まで騎士団の在り方を説いていた大臣たちは、顔色を変えて大人しくなっている。遠くからでも、赤く燃えた剣と風を纏わせた剣が何度もぶつかり合っている様子が見えた。

「そろそろあの2人を止めないと、今度は練武場の修理に予算を取られそうだ」

「それは宜しくありませんな」

ルドルフが他人事のように呟くと、レイブロン公爵も同じ様子で返した。その後ろでは大臣たちが、「早く止めさせませんと！」と慌てふためいている。その間にもマティアスとカイザーの手合《てあい》は激しさを増していった。２人の姿は目で追えないほど速い。炎を纏った剣と、風を纏った剣が擦れるたびに爆発が起きる。

他の騎士と比べても異様だ。護衛でついてきた騎士たちも夢中で見入っている。改めて第一騎士団の団長と副団長の凄さを見せつけられたが、２人が衝突するたびに練武場を取り囲む外壁が崩れそうになった。

すると、口の端を持ち上げたルドルフは、なぜか練武場に向かって歩き出していた。レイブロン公爵と護衛の騎士はそこから一歩も動かない。気になって彼の行動を見守ると、ルドルフは訓練する騎士の傍まで近づき、突然左手を持ち上げて撫で下ろすようにスッと下げた。

――瞬間、時間が止まってしまったようだ。

騎士の剣から放たれていた魔法は掻《か》き消され、あれほど騒がしかった練武場は瞬時にして静まり返った。一瞬の出来事だった。ヘルミーナは思わず息を呑んだ。

「あれが、王族の……」

魔道具の時は魔力が抜けていく感じがしたのに対し、本物の「無効化」は全く違っていた。無にされるというより、魔力を奪われた感覚に近かった。

攻撃を受けたわけではないのに、恐ろしさが尾を引くようにじわりと滲んできた。今すぐ膝をついて平伏したくなるような衝動に駆られる。血が、本能が、絶対的な存在に逆らってはいけないと訴えてくるようだ。

王族がなぜ王国の頂点に君臨し続けていられるのか、その力を肌で感じることができた。

「訓練中のところ邪魔するよ」

「ルド、……ルフ殿下」

魔力を無効化された騎士は呆然と立ち尽くしていた。そこへ悪びれる様子もなく現れたルドルフに、あちこちから溜め息が漏れる。魔法が使えなくなる感覚はやはり慣れないものらしい。体内を巡る魔力を感じてホッとしたのは、これが初めてだ。

訓練が一時中断したところで、ルドルフは騎士たちへ向けて挨拶を述べた。激しい手合わせをしていたカイザーとマティアスは、感興《かんきょう》が醒めた顔でルドルフの話を聞いていた。そんな状況でも笑顔で喋《しゃべ》っていられるルドルフの神経が凄い。

その後、王太子一行は見学席に移動して訓練の様子を見てから、騎士団の宿舎などを視察していったようだ。

訓練ではレイブロン公爵が懸念《けねん》していた通り、多くの騎士がいつも以上に力を発揮し、ロベルトとヘルミーナは負傷者の世話で大忙しだった。数日もあれば治ってしまう負傷者には普通の薬で治療し、大きな怪我を負った騎士は病室に運んでもらい、ルドルフたちが帰ったあとに神聖魔法で治療した。

日が沈みかけた頃、ようやく全員の治療を終えたヘルミーナは、ロベルトと共にお茶を飲んでいた。あっという間に1日が過ぎてしまった。朝、何に悩んでいたのかも思い出せないぐらいだ。

疲れた体をソファーに預けて息抜きしていると、当直室の扉がコンコンと叩かれた。護衛のリックが近づくと、開いた扉からランスが顔を覗かせた。

「あ、ミーナちゃん。包帯と消毒液と痛み止めの薬が欲しいんだけど」

「誰か怪我したんですか？」

「それは……秘密？」

怪我人は騎士ではないのだろうか。ヘルミーナが眉根《まゆね》を寄せると、ランスはただ笑うだけだった。けれど、ロベルトは察したように医療品の棚《たな》から包帯や薬を取って戻ってきた。

「……ルドルフ殿下が手合わせ中なんだろ。副団長も加減というものを知らんからな」

「いつものことなんだけどね」

ロベルトが持っていたものをランスに手渡すと、彼は「じゃーね、ミーナちゃん！」とすぐに出ていってしまった。呼び止めようとしたが遅かった。怪我の具合も確認していないのに大丈夫だろうか。ヘルミーナは不安になってロベルトを見た。

「怪我をされたのがルドルフ殿下でしたら、私が治療に向かった方がいいかと思うのですが」

「……行ったところで、殿下は断るだろう。そういう姿を見られるのを嫌がる方だ」

「なぜ、殿下は……」

訊ねるヘルミーナを前に、ロベルトはソファーに深く腰を下ろした。苦い過去でも思い出したのか表情を曇《くも》らせる。暫く沈黙が流れると、ロベルトは重い口を開いた。

「エルメイト王国の王族は、王国が誕生した時から象徴として我々民をここまで導いてきた。王子だけが生まれるのも、『無効化』という祝福が与えられるのも、全て光の神エルネスによって決められている。これは王族として生まれた者の宿命だ」

「……それは」

「だから、いくら騎士になりたいと願ったところで、魔物を倒す魔力を持たない王族は、自分の身を守ることもできない。常に誰かに守ってもらわなければ、王都の外に出ることも叶わん。当然、あらゆる方法を試してみたが、無効化の能力がある限り、魔道具を使うことも、もうひとつの魔力を得ることもできなかった。無茶な実験をして体や精神を壊しかけ、医者として止めたこともある」

どうして王族であるルドルフが二重属性の研究をしていたのか、その背景が見えてきた。同時に、今まで知らなかった——知ろうとしなかった、王室の抱える影の部分を覗いてしまった気がした。

「ルドルフ殿下はなぜそこまでして……」

「理由はいくつかあるが、一番は弟君のためだろう」

「セシル殿下の……」

「王室にいる間は守られているが、王太子が婚姻して子が生まれれば第二王子は王位継承権を返上し、王室から抜けなければいけない。そうすると、王族に与えられた能力は全て失われてしまう。魔力を持たない者がこの王国で暮らしていくのは厳しい。彼らの大半は誰からも相手にされず、その存在は『忘れ去られた王族』として名を連ねることになる」

ヘルミーナは話を聞かされ、喉がカラカラに渇《かわ》いた。皆から羨望《せんぼう》されるほど家族仲がよく、幸せそうに見える王室の陰に、それほどの闇が広がっているとは思わなかった。

ルドルフに溺愛されているセシルもいつか王室を離れ、能力を失い、忘れ去られていくのだろうか。

ロベルトが言う通り、魔力がなければ暮らしていくことも、結婚相手を見つけることも難しい。魔力を持つヘルミーナですら、その魔力が少ないからと嘲笑《ちょうしょう》されていたのだ。

社交界で爪弾《つまはじ》きにされてきたヘルミーナは、セシルがこれから経験するかもしれない未来の話を、他人事と思えなかった。楽しみにしていた世界が一瞬にして地獄へと変わり、虚《むな》しさと悲しさで心が深く沈んでいったのを覚えている。

「今日は上がっていいぞ」とロベルトに言われ、ヘルミーナはリックと廊下を歩く。

あのルドルフが必死になる理由が分かる。魔力を失うどころか、将来の夢さえ叶えられないとは。

何かいい解決策はないだろうか。できることはないだろうか。自分が救われたように、彼らを救える方法は――。

「……効率……魔道具、無効化………魔法石……」

「どうかされましたか？」

「お伺いしたいんですが、騎士の皆さんは剣に魔法石を？」

「そうですね。魔法石には魔力を溜めておけますから、それぞれの属性に合わせた魔法石を剣に埋め込んでいます。魔法を別に使うより、剣に魔力を流し込む方が攻撃力も上がりますので」

何気なくリックに訊ねて返ってきた言葉に、ヘルミーナは突然立ち止まった。

今、頭の中でバラバラになっていたものが一本の線で結ばれ、新たな可能性が生まれた気がする。ヘルミーナは弾かれたようにリックに迫った。

「団長様は今、どちらにいらっしゃいますか⁉」

「マ、マティアス団長ですか？　今でしたら訓練を終えて執務室に戻られているかと」

「そこに案内してくださいっ、今すぐ！」

忘れてしまわないうちに。

いきなりマティアスのところに案内してほしいと言ってきたヘルミーナに、リックは困惑している。だが、真剣な表情で見上げるヘルミーナの勢いに押され、「分かりました」と返してくれた。


『……貴女がまた目覚めなくなるのではと心配なのです』

暗闇から現れたマティアスは、小さな声でそう呟いた。あとになって思えば、聞こえないふりをしてやり過ごすのが正解だった。けれど、あの時は反射的に振り返ってしまった。

その拍子にマティアスとぶつかり、奇妙なことに彼の胸元が突然光り出した。不思議と親しみのある光は、ヘルミーナへ向かって蔦のようなものを伸ばしてきた。挨拶を交わすように触れてきた蔦に、心が洗われるようだった。

『これは……』

『ラゴル侯爵家に代々受け継がれてきた守り石です』

教えてくれたマティアスは、詰襟《つめえり》の留め金を外して、首に掛けていたペンダントを見せてくれた。チェーンの先で、銀色の装飾のついた丸い鉱石が光を放っていた。

初めて見るペンダントなのに懐かしさが込み上げた。

『これには聖女様の力が宿っていると言われています』

『……聖女様、ですか？』

『魔力はすでに切れていると思っていたのですが、ヘルミーナ様の魔力に反応したのかもしれません』

どんなに相性がよくても魔力が共鳴し合うことはない。それなのに、体内を巡る光属性の魔力が強くなった気がした。ヘルミーナはじっくり眺めていたかったが、マティアスに早く部屋へ入るよう急《せ》かされて、その時はそれで終わってしまった。


「マティアス団長、リックです。今、宜しいでしょうか？」

「――何かあったのか？」

騎士団宿舎の一角に辿り着いて、リックが第一騎士団団長の執務室をノックした。入室の許可を求めると、返事がある前にドアノブが回って扉が開いた。まさか、マティアス自ら扉を開けてくれるとは思わず、リックは目を丸くする。

しかし、マティアスの姿を見て納得した。彼は訓練後の湯浴みを終えたばかりなのか、濡れた髪にタオルを載せ、はだけた白いシャツに、団服の赤いズボンを穿《は》いた姿で現れた。

ヘルミーナは、見てはいけないものを見てしまった気がして咄嗟《とっさ》に背を向けた。びしょ濡れになった猫が浮かんできたが、必死で掻き消した。

「……ヘルミーナ様？」

リックの体に隠れて見えなかったのだろう。しかし、ヘルミーナの気配に気づいたマティアスは目を見開いた。

すぐに「どういうことだ」と訊ねてくる視線には殺気が込められている。命の危険を感じたリックは、両手を持ち上げて素早く答えた。

「申し訳ありません！　ヘルミーナ様が至急、マティアス団長にお会いしたいと申されたのでお連れしました！」

「なん、だと……？」

「都合が悪いようなので、また改めて――」

「その必要はない。今すぐ支度する」

リックが早口で用件を伝えると、マティアスは突然表情を変え、開いていた扉を勢いよく閉めた。ヘルミーナもリックの隣に立って扉を見つめる。

すると、中からゴンッという鈍《にぶ》い音が聞こえてきたが、それからは人の気配が感じられないほど静かになった。

「……お待たせしました、ヘルミーナ様。どういったご用件でしょうか？」

「お忙しいところすみません。実は以前見せていただいたペンダントについてお伺いしたく……」

再び扉を開けたマティアスは、いつもと変わらない格好で出てきた。額には冷や汗が滲んでいるように見えたが、気のせいだろうか。

「ペンダントですか。……分かりました、中へどうぞ。リックは扉の前で待機だ。誰が訪ねてきても追い返していい」

「承知しました」

未婚の男女が密室で2人きりになることはできないため、扉を半分ほど開けたまま、リックが護衛兼見張り役として外に立っていてくれることになった。

マティアスの持つペンダントは、周囲に知られてはいけないことだったのかもしれない。ヘルミーナはマティアスの顔色を窺った。けれど、彼の表情にこれといった変化は見られない。気になったのは、髪の毛がしっかり乾いていることぐらいだ。

通された室内は驚くほど殺風景だった。生活感のあるルドルフの執務室とは大違いだ。物は最小限で、これといった飾り物もない。座るように促された紺色《こんいろ》のソファーは新品そのものだ。膝元の楕円《だえん》形テーブルも。いつでも出ていける準備が整っているようだった。

するとマティアスは突然、ずれていたテーブルの位置を直した。そこは何も触れずにおこう。

向かいのソファーに腰を下ろしたマティアスと視線が重なった時、ヘルミーナは後先考えずに行動してしまったことを後悔した。やはり事前に許可を取るべきだった。彼にはすでに迷惑をかけてしまっているのに。焦るヘルミーナに、先に口を開いたのはマティアスだった。

「ヘルミーナ様、お話の前に私の方からひとつ宜しいでしょうか？」

「もっ、もちろんです！」

緊張からか上擦《うわず》った声が出てしまう。しかし、マティアスは一瞬安堵した表情を浮かべると、おもむろに話し始めた。

「先日は私が余計な護衛をしてしまったせいで、ヘルミーナ様にご迷惑をかけてしまい申し訳ありませんでした。決してやましい気持ちからではなく、貴女に何か起きたら連れてきた我々にも責任があると、心配が行きすぎたのだと思っていただけたら……」

「大丈夫ですっ、分かっております！」

マティアスが言わんとしていることに気づいて、ヘルミーナは両手を上げた。きっと彼の耳にも、仲を勘違いされた話が入ってきたのだろう。

ヘルミーナは恥ずかしさと申し訳ない気持ちで頬を赤らめた。

「団長様や皆さまに心配していただき、とても嬉しかったです。お気遣いくださりありがとうございます」

「……そう言っていただけて、よかったです」

夜まで警護してくれたマティアスには、感謝しかない。ヘルミーナは顔を上げて、あの日言えなかったお礼を口にした。ところが、マティアスはさっと顔を背《そむ》けて素っ気なく返した。ちょっと気さくすぎたかもしれない。

どちらも沈黙すると気まずい空気が流れる。次の言葉を探していると、咳払いしたマティアスが「それで、ペンダントのことでいらしたとか」と切り出してくれた。おかげで、当初の目的を思い出した。

「実は、団長様がお持ちのペンダントをもう一度見せていただけないかと思って参りました」

「私は構いませんが……少々お待ちください」

ヘルミーナの頼みを受けて立ち上がったマティアスは、窓際に置かれた机から何かを掴み取るとこちらへ戻ってきた。

「手を出していただけますか？」

「は、はい」

目で追っていたはずなのに、気づくと目の前にいたマティアスに驚いてしまう。彼は床に跪いて、持ってきたペンダントをヘルミーナの手にそっと載せてくれた。必要以上に近づかず、距離を取ってくれている。

ヘルミーナがペンダントを受け取ると、マティアスは元いた場所に再び腰を下ろした。

「こちらの守り石は、魔法石でしょうか？」

「聖女様の力が込められていたということは、魔法石で間違いないと思います。昔は魔道具もなく、魔法石の存在も今ほど知られておりませんでした。ですが、風の民は魔物の討伐で古くから魔法石を使っていたので、もしかしたら聖女様も、魔法石を使用されていたのかもしれません」

ヘルミーナはペンダントをじっくり見つめ、光を放った丸い石を確認した。やはり予想していた通りだ。マティアスが持っていたのは光属性の魔力が込められた魔法石だった。

各領地の鉱山から発見された魔法石は、宝石よりも貴重な資源だ。現在は、生活に欠かせない魔道具の動力源になっている。また、魔力を吸収することもできるため、火属性の魔力を注げば直接火を熾《おこ》すことも可能だ。

魔法石は、含まれる魔力の量や大きさによって効力が変わり、値段も様々だ。ただ高価なだけあって、平民で所有している者は少ない。

ヘルミーナは両手に持ったペンダントを、そのままマティアスに返した。

「見せていただき、ありがとうございました」

「ヘルミーナ様のお役に立てて光栄です」

マティアスはペンダントについたチェーンを持ち上げて、さっと首に掛けると団服の中に隠してしまった。家門《かもん》の大切な宝物なのだろう。本来は、気軽に見せてもらうことはできないはずだ。それなのに、マティアスは躊躇《ちゅうちょ》することなくヘルミーナの頼みを聞き入れてくれた。

「あの……団長様が丁寧に接してくださるのは、私が光属性の魔力を持っているからでしょうか？　立場的に、敬語を使っていただくのも申し訳なくて……」

「不快にさせてしまっていたら申し訳ありません。上手く言えませんが、ラゴルの血がそうさせているのか、私にもよく分からないのです」

つまり、彼が望んでしていることではないということだ。それを聞いてヘルミーナは声を詰まらせた。マティアスほどの人物が、身分や年齢も下の令嬢に礼儀を尽くさなければいけないのは苦痛だろう。

「……それでは、団長様こそ不快ではありませんか？　私は聖女ではありませんし、光属性を宿したといっても魔力は少なく、使いこなせているわけではありません。団長様が嫌でしたら私からは近づかないように」

「いいえ、全くそのように思ったことはありません。分からないと申しましたが、そちらの気持ちも含めて私自身はすでに受け入れております。貴女様に対する姿勢も言葉遣いも、全て私の意思だとお考えください」

言い終わらないうちにマティアスが言葉を被せてきた。強い言葉と眼差しがヘルミーナに向けられる。忠誠を誓う騎士のような態度に、ヘルミーナは思わず見惚れてしまった。

「そ、そうですか！　団長様がそう仰るのでしたらっ」と慌てて返したが、彼の真剣な顔をまともに見られなかった。顔を背けるだけでは誤魔化しきれず、ヘルミーナはソファーから立ち上がり、お辞儀をしてから廊下へ出た。

逃げるように出てきてしまったことを後悔するも、自分が勘違いしてしまわないことで頭がいっぱいだった。

彼が丁寧に接してくれるのは光属性を宿した人物だからであって、本当であれば近づくことも、話すことも、会うことすらなかった人だ。

「ヘルミーナ様？」

「なんでも、ない、です……」

飛び出すように出てきたヘルミーナに、リックが驚いた顔で近づいてきた。誤解を生まないように何もなかったことを伝えたが、上手く伝えられたかどうか心配だ。

ヘルミーナは心を落ち着かせるように深呼吸を繰り返した。油断するとマティアスの整った顔が浮かび上がってくる。そんな場合じゃないのに。

ヘルミーナは余計な気持ちを振り払うように急いで宮殿に戻り、魔法石について書かれた本を見つけては、取り憑かれたようにページを捲《めく》った。

◆◇◆◇◆

限られた者しか立ち入ることができない王城の宝物庫。

「――まさか、褒美として贈ったものが国宝級の価値になって戻ってくるとはな」

窓1つない宝物庫は、外光と外気を遮断《しゃだん》して貴重な財産を保管している。そのため明かりを灯《とも》さなければ暗闇で、気温が上昇する時期でもひんやりしていた。

魔道具のランプに火を灯し、テーブルの宝石箱を見下ろした国王は溜め息混じりに呟いた。

「申し訳ありません、父上。想定外の出来事はいつでも起こり得ると周囲に言い聞かせておきながら、私も油断しておりました」

「うむ。彼女は面白いほど我々を驚かせてくれる」

笑うに笑えない状況に、乾いた笑いも出てこない。

宝石箱を開けると、青光りしていた魔法石は透明感のある石に変わり、白い光を放っていた。

触れれば全身の傷が一瞬にして癒えてしまう。もし下級の魔物でもいれば、あっという間に消滅してしまうだろう。全く、なんというものを作ってくれたのか。

フィンから「ヘルミーナ様が、魔法石に光属性の魔力を付与されたようです」と報告された時、ルドルフはお茶を吹き出した。タイミングを見計らって伝えたに違いない。働かせすぎへの仕返しだ。だが、報告された内容に驚いて言葉が出てこなかった。

ヘルミーナが魔法石を欲しがっていると聞いて、国王たちは意気揚々《ようよう》と魔法石を贈った。しかし、その用途までは訊ねなかった。知っていたら——否《いな》、知っていたところで結果は同じだったかもしれない。ただ事前に知らされていたら、慌てることはなかっただろう。

伝説になるような代物に、心の準備ができていなかった。

「ヘルミーナには、王国の全てを渡しても足りないのではないか？」

「……同感です。これに見合う褒美はこの世に存在しないでしょう」

国王と次期国王となる王太子の会話に、それまで口を開かずに控えていたモリスは青褪めた。それを引き起こしたのが自分の生徒なのだから頭の痛くなる話だ。

モリスは改めて、教え子がいかに問題児であるかを正確に理解しなくてはと思った。

——天然の魔法石に光属性の魔力を注ぎ込む。

神聖魔法を効率よく、かつ負担がかからないように扱う方法として、ヘルミーナが導き出した答えは至極《しごく》単純だった。

なのに、すぐに思いつかなかったのは、光属性を特別視していたからだ。他の属性と同じ扱いで考えていれば簡単に閃《ひらめ》いていただろう。

光属性を含んだ魔法石など、王宮内の書物や資料を探っても見つからなかった。マティアスのペンダントを確認しなければ、もっと時間がかかっていたかもしれない。

天然の魔法石を手に入れるため、定期的に訪れるフィンにヘルミーナは相談した。

魔法石がいくら高価でも、ヘルミーナの個人資金で1、2個は購入できるはずだ。これまでドレスや宝石を買わずにいたのが功を奏した。婚約者《エーリッヒ》のおかげだとは思いたくないが。

フィンに魔法石を購入したいと伝えると、なぜか安堵した表情を浮かべた彼から「ようやくヘルミーナ様に恩が返せると、皆が喜びます」と言われて、思考が停止した。真意を問おうとしたが、呼び止めるより先にフィンは颯爽と去ってしまった。

実は国王とレイブロン公爵から、謝礼と褒美の目録をもらっていた。だが、つらつらと書き綴《つづ》られた文字を見て、ヘルミーナは卒倒したのである。

宮殿に住まわせてもらっているだけでも十分なのに、護衛の騎士や侍女までつけてくれ、これ以上いただくわけにはいかない――と、思っていたのに。

そして翌日届いたのは、宝石箱いっぱいの魔法石だった。なんでも王宮に献上された、貴重な天然の魔法石だという。深い青みを帯びた魔法石に、ヘルミーナはもう乾いた笑いしか出てこなかった。個人資金ではとても手が出せない、上質な魔法石だ。

それを好きに使ってもいいと言われて、ヘルミーナは脱力した。

彼らは分かっていて魔法石を贈ってくれたのだろうか？　それとも知っていて、敢えて試しているんだろうか？

もし分かっていてであるなら、期待に応えなければいけない。いや、むしろその方が都合がいい。魔法石に光属性を付与したら、王宮に献上しようと思っていたのだ。

ヘルミーナは途端にやる気を漲《みなぎ》らせると、無我夢中で魔法石に加工を施した。

それらは後日纏めて国王とルドルフの元に届けられたが、顔面を蒼白にしたモリスがヘルミーナのところへ駆け込んでくる事態となった。

「――次からは事前にご相談いただけると嬉しいです」

「本当に申し訳ありませんでした……」

小一時間。ヘルミーナの作った魔法石はとても素晴らしくて優れている、そのせいで国王たちは嘆いていた、と褒められているのか叱られているのか分からない説教を聞かされた。ものがものだけに、モリスは厳しい表情を崩さなかった。

ヘルミーナが隠れて生活している今、光属性を含んだ魔法石もまた世に出すわけにはいかない。ただこうしている間も、この魔法石があれば多くの命が救われると思うと複雑だ。

「しかし、光属性の魔法石とは。ご自身でお考えになられたのですか？」

「いえ、あ……はい。……他の属性と同じ視点で考えました」

「なるほど。四大属性の魔法石が身近に転がりすぎて、逆に思いつきませんでした。それにしても、あの魔法石は素晴らしいですね。ヘルミーナ様が傍にいなくても、魔法石を身につけておくだけで怪我や病気の治療、魔物を寄せつけない守り石になるのですから。魔法水を生成することも可能でしょう」

自身の負担を減らして効率を上げる方法——ヘルミーナは、モリスから出された課題を見事にクリアしたのだ。解決しなければいけない問題は他にもあったが、「優秀な生徒を持って嬉しいです」と顔を綻ばせるモリスを見て、喜びが湧き上がった。

羽根が生えていたら飛んでいきたくなるほどの高揚感に包まれる。だから、つい浮かれて言ってしまったのである。

「実は、もう1つ作ったものがありまして、モリス先生に確認していただきたいのです」

叱られたことも忘れ、ヘルミーナがメアリに目配せすると、彼女はすぐに別室から長細いケースを運んできた。ケースを開くと白い光が漏れ出し、中から銀色のロングソードが現れた。

「これは、剣ですね」

「騎士の方々が使っている剣と同じようです。レイブロン公爵様からいただきました」

「光っているのは、もしかして魔法石を？」

「はい、光属性の魔法石を同じく埋めてみました」

「そうですか、治癒能力と浄化を備えた剣ですね。下級の魔物は近づくのも難しいでしょう」

「はい……攻撃力は上がりませんが、魔物には十分効果的だと思います。何より光属性の魔法石を使っているので、属性を持たない人の方が扱いやすいかと思います」

「……ああ、そういうことですか」

「少しでもお役に立てればと思ったのですが、いかがでしょうか？」

属性を持つ騎士であれば、魔力を流し込んで剣を振るうのが基本だ。しかし、これは光属性の魔法石を使っているため、ヘルミーナ以外では魔法石の効果が上がらない。

騎士によっては使いづらいかもしれないが、最初から魔力を持ち合わせていない人や、魔力を無効にしてしまう人にとっては魔物を倒すことに特化した、まさに夢のような剣だった。

「無効化の祝福を受けた人ほど扱いやすい剣になるわけですね。これはあの方々も喜びましょう。今度こそヘルミーナ様に王国ごと差し出すと、言ってこないか心配です」

「え……っ!?　何を」

「欲しくはありませんか？」

「い、いりません！　この宮殿ですら管理できていないのにっ」

「少しぐらい欲を出してもいいのでは？」

「欲、ですか」

後日、どんな贅沢品《ぜいたく》でも惜しまず誰かに渡してしまうヘルミーナを、「横流しの天才」と呼ぶ者が次々と現れるのだが、本人がそれを知ることはなかった。

国家の権力者たちがたった1人の貴族令嬢に振り回される姿を見るのは面白いが、彼女の欲のなさは不安でもある。自分の価値を理解しないまま周囲から搾取《さくしゅ》されないか、モリスは教え子の将来が心配になった。

すると、ヘルミーナは肩を竦め、「私にも欲はあります」と恥ずかしそうに言ってきた。モリスは細い目をさらに細め、後ろに控えていたメアリとリックも聞き耳を立てた。そうとは知らず、ヘルミーナは口を開いた。

「私は、認めてもらいたいのです。誰かのお荷物ではない、ヘルミーナ・テイトという存在を。騎士の方々や、王宮で出会った皆さんは素晴らしくて尊敬しています。そんな方たちと肩を並べても恥ずかしくないように、私も認めてもらえるようになりたいんです」

胸に秘めていた欲を初めて吐き出したヘルミーナは、顔を真っ赤にした。「お荷物令嬢」にとっては大きな夢だ。

ただ、それを聞いた3人の心境は分からない。照れてしまったヘルミーナは、彼らの顔をまともに見られなかった。見れば、複雑そうにする彼らの表情が分かっただろう。

すでに認められているはずなのに、社交界で受け続けた扱いが自己評価を下げているのだ。

一体どこまで認められたら彼女は納得するのだろう。厄介な病に罹《かか》っている教え子に、モリスは「すぐに叶いますよ」と呟いたが、ヘルミーナの耳には届いていなかった。

◆◇◆◇◆

「本日の実戦訓練には、ルドルフ王太子殿下も参加される」

練武場の使用は部隊ごとに時間が割り振られ、騎士が切磋琢磨《せっさたくま》しながら剣術や魔法を磨いている。

しかし、その日はいつもと違っていた。

騎士団総長のレイブロン公爵から、それぞれの団長と副団長、及び第一騎士団と第二騎士団に招集《しょうしゅう》がかかった。騎士たちは直ちに練武場へ集まり、次の命令が下るまでじっと待った。レイブロン公爵が姿を見せると、部下に向かって短く命じた。

本日は魔物を使った実戦訓練を行う、と。予定になかった実戦訓練に周囲がざわつく。けれど彼らが最も驚いたのは、ルドルフその人の名前だ。

無効化の能力を持つが故に魔物と戦えない王族の、突然の参加。誰もが自分の耳を疑い、練武場は異様なほど静まり返った。

騎士団の宿舎に向かおうとした時、扉がノックされた。人の気配が感じられなかったせいか、メアリが咄嗟に身構える。だが、現れた相手にヘルミーナは納得した。

扉の前に立っていたのはマティアスだった。その後ろにはリックが控えている。迎えに来てくれたにしては物々しい雰囲気に緊張が走った。

「本日、練武場で実戦訓練を行います。魔物を檻《おり》の外へ放つため、ヘルミーナ様にその旨《むね》をお伝えに参りました」

「魔物を……」

マティアスは視線を合わせながら、ゆっくりした口調で伝えてきた。ヘルミーナが怯えないように気遣ってくれたのだろう。それでも魔物と聞いて、ヘルミーナは背筋が寒くなるのを覚えた。

未だ魔物を見たことはなくても、魔物によって傷ついた人たちに会った。また前回と同じようなことになったらと思うと表情が強張《こわば》った。

「ヘルミーナ様が心配されることはありません。今回は私も含め、各団長が揃っております」

危険はないと言われても、魔物がいる近くで過ごすのは怖い。ただ何かあった時、すぐに治療できないのも不安だ。

「魔物を使った訓練を見るのは、ヘルミーナ様にとってもいい経験になると、ルドルフ殿下より言付《ことづ》かっております」

付け加えるようにリックが説明してくれた。自分のためになるというなら、行かないわけにはいかない。

「分かりました、宜しくお願い致します」

何より、ルドルフが招待してくれた理由に心当たりがあったからだ。

ヘルミーナたちが練武場に到着すると、すでに多くの騎士が集まっていた。向かい側の城壁にある巨大な扉が開かれ、鉄製の太い柵《さく》が降りていた。以前来た時は扉の存在すら気づかなかったが、鉄柵の奥から魔物の唸《うな》り声が聞こえてくるようでゾッとした。

ヘルミーナは慌ててリックのあとを追い、案内された見学席に向かった。

「ご機嫌よう、ヘルミーナ」

「アネッサ様……！」

見学席に着くと、先に座っていたのはアネッサだった。いつもよりシンプルな藍色のワンピース姿で、赤髪を後ろに纏めて縛っている。

ヘルミーナはアネッサに近づき、声をかけた。

「どうしてこちらに？　本日は、その……」

「魔物を使った実戦訓練なのでしょう？　いずれ王太子妃となるのですもの、見学するのは当然ですわ。私も時々参加させてもらっているのよ」

この場に集められた人は皆、ヘルミーナの存在を知っている人だけだと教えられた。アネッサもいるとは思わなかったが、誘われるがままヘルミーナは彼女の隣に腰を下ろした。

「ルドが、貴女からいただいた剣をとても喜んでいたわ。子供のようにはしゃいでしまって大変だったのよ？」

「ええ、と……それは」

「冗談よ。でもルドが喜んでいたのは本当なの。お兄様も嫉妬していたけれど、嬉しそうだったわ。だから、ルドと一緒に実戦訓練がしたいとお父様に無理を言ったのね」

そう言って溜め息をつくも、アネッサの表情はとても柔らかかった。ヘルミーナは心が温かくなる話に、口元を緩ませた。

その時、練武場の一部に人だかりができた。見ればルドルフとカイザーの姿があった。振り返った2人と目が合った気がしたが、練武場に響く号令で彼らの視線は離れた。

すると、配置された騎士がそれぞれの両手を持ち上げて、練武場全体を覆うように水と風の膜を張った。一瞬、嫌な記憶が蘇る。ヘルミーナが顔を背けると、マティアスがスッと隣に現れた。

「念のためこちらにも防壁《シールド》を張らせていただきます。外部に音が漏れないようにしているため、視界以外は遮断されます」

練武場の膜とは別に、ヘルミーナたちを覆うようにマティアスの風が張られた。風の膜は圧迫感もなく、微《かす》かに聞こえる風の音色《ねいろ》や新鮮な空気は心地よかった。

「ありがとうございます、団長様」

お礼を伝えると一瞬だけ風の防壁が揺らいだ。気のせいと思ったが、隣では笑いを堪えるようにアネッサが肩を震わせ、マティアスが鋭い視線を向けている。

しかし、鉄製の重い柵が上がると、無駄口《むだぐち》を叩く者はいなくなった。ヘルミーナはこの日初めて、生きた魔物を目《ま》の当たりにすることになった。

◆◇◆◇◆

実戦訓練のため騎士団に来たルドルフは、真横から突き刺さる視線を感じて苦笑した。

「そんな顔で見つめても、この剣はやれないよ？」

「……誰も欲しいなんて言ってない」

「それはよかった。ヘルミーナ嬢が私のために用意してくれた剣だからね。柄頭《つかがしら》についた魔法石も、彼女自ら加工してくれたものだし」

ルドルフは金で装飾された白い鞘《さや》のロングソードを持ち上げ、悪戯な笑みを浮かべた。一方のカイザーは、拳を握りしめて憤慨《ふんがい》しそうな勢いだ。相手が王族だろうが関係ない。幼い時から一緒に過ごしてきた幼馴染《おさななじみ》である。

「それは父上が謝礼としてヘルミーナ嬢に渡した剣だ！　ルドだって、公爵家の武器庫に保管されていたのを見たことがあるだろ⁉」

「ああ、懐かしいね。子供の頃、武器庫に忍び込んで一緒に叱られたね。あの時、私は大事に飾られていたこの剣が欲しいと思ったけれど、まさか本当に自分の手元に来てくれるとは思わなかったよ」

「覚えているなら返してくれ。先代たちが集めたコレクションの1つだ」

「でもヘルミーナ嬢は、騎士団で使っている剣と同じものだと言ってきたんだけどね」

光属性の魔力で加工された魔法石を見た時は、笑うに笑えなかった。さらにその魔法石がついたロングソードが届けられた時は、頭の中が真っ白になった。

今までの苦労が一瞬にして弾け飛ぶような衝撃を受けた。決して悪いことではない。苦難と苦悩に苛《さいな》まれてきた王族たちの思いが、ようやく光の神エルネスに届いたのだと確信した。

ルドルフは込み上げる気持ちを抑え、剣の効果を確かめた。レイブロン公爵に剣を見せた時はなんとも言えない表情をされたが、彼の協力を得て、下級の魔物に実際に近づけた。

すると、魔力を持つ子供なら倒せるほどの弱い魔物は、剣を鞘から抜いただけで消滅してしまった。斬《き》る手間が省けてよかったが、それでは正確な効果が分からない。

そこでレイブロン公爵に無理を言って、魔物を使う実戦訓練に参加する許可をもらった。最初は渋っていたレイブロン公爵だったが、国王の口添えもあって許しを得た。

本来は王族を魔物と引き合わせるなど、正気の沙汰《さた》ではない。それでも許可が下りたのは、彼らもまたこの光属性を纏った剣が、魔物の討伐に使えるのかを確かめたかったのだろう。このような剣は他にないのだから。

「お前に渡ると知っていたら、騎士団にある予備の剣を渡していたさ。剣を贈って失敗した父上は、女性の贈り物には何がいいだろうと母上に訊ねて、あらぬ疑いをかけられる始末だ」

「貴重なものをヘルミーナ嬢に贈っても、価値を倍に釣り上げて横流しされてしまうからね。それは私も陛下も悩んでいるよ」

いっそ王国ごと渡してしまおうかと思っている、と、ルドルフが苦笑いを浮かべると、カイザーは口元を引き攣らせた。これでは好意を寄せているヘルミーナに、何をプレゼントすればいいのか分からない。

彼女の存在自体が王国にあるどの宝よりも貴重なのだ。ありきたりなものでは足りず、貴重な品物を差し出しても素直に喜んでくれるかどうか。

嘆息して歩いていたルドルフとカイザーは、練武場に到着した。２人が練武場に姿を見せると他の騎士たちも合流し、間もなく魔物が放たれると報告された。

ふと視線を感じて振り向くと、そこにはヘルミーナがいた。彼女の横にマティアスの姿を見つけて、カイザーは眉間《みけん》に皺《しわ》を寄せた。同じく見学席に目を向けていたルドルフは、「嫉妬ならあとにしてくれるかい？」と言う。カイザーはますます顔を顰《しか》めた。

その時、魔物を放つ号令が鳴り響いた。反射的に扉を見れば、巨大な鉄柵がゆっくり持ち上がっていく。２人の意識はそちらに集中した。

「――来るぞ」

「今日は宜しく頼むよ、カイザー」

ルドルフは剣を腰に差して、カイザーもまた身構えた。お互いに剣を交えたことは何度もあるが、魔物を前にして共に戦ったことはない。

けれど、不思議と初めてという感覚はなかった。もう長いこと背中を預けてきた戦友のような感じがし、唸り声を上げて飛び出してくる魔物に、なぜか2人の口角《こうかく》は持ち上がっていた。

鉄柵が上がりきると、奥から狼《おおかみ》の姿をした魔物が3頭出てきた。赤い毛並みをした魔狼牙は、真っ赤に燃える緋色《ひいろ》の目をしていた。魔狼牙は仲間で狩りをする魔物だ。討伐クラスこそ下級だが、動きが素早く、群れで向かってこられるとかなり手強《てごわ》い。

最初こそ三方に分かれて攻撃を仕掛けていた魔狼牙だが、騎士の1人が集団から離れた途端、その騎士に向かって3頭同時に襲いかかってきた。

刹那《せつな》、魔狼牙と騎士の間に炎の壁が現れた。

「1カ所に集まれっ！」

カイザーである。彼は孤立した騎士を救うと、指示を飛ばした。騎士たちは命令に従い、練武場の中央に集まった。

獲物《えもの》を逃した魔狼牙は悔しそうに唸り、緋色の双眸は不気味なほど爛々《らんらん》と輝いている。

「魔狼牙は初めは見境なく仕掛けてくるが、攻撃力が低いので獲物を絞って襲う。だが、ルドルフ殿下の剣を明らかに避けているようだ」

「本当に凄い魔物除《よ》けだよ」

「でもこれじゃ試し斬りできないっすねー」

カイザーに助けられた騎士は、そのままルドルフの身を守るように2人の近くに立った。ランスである。彼はへらりと笑うと、カイザーに礼を言った。

「副団長のおかげで助かったすわ！　前髪は焦《こ》げちゃいましたけど」

「御託《ごたく》はいいから、魔狼牙の統率状況を教えろ」

自ら囮《おとり》になってわざと魔狼牙に襲われたランスは、こんな状況でも楽しげだ。本来、3頭の魔狼牙ぐらいなら彼1人でも倒せてしまうのだが、本日の実戦訓練ではルドルフのサポート役に徹していた。

「了解っす。まず3頭のうち、ボスは尻尾《しっぽ》が一番長いヤツですね。他の2頭は同格で、ボスの命令に忠実に動いているみたいっす。あと、なんか嫌な予感がするんで、ボスは早めに消滅させた方がいいですねー」

ランスは知り得た情報をカイザーとルドルフに報告した。

知能はないと思われる魔物も、強い者に従う習性は持ち合わせているようだ。ただ、全てがそうではないため、その時その場所で正確な情報を素早く知ることが重要視されている。

無謀《むぼう》ではあったが、ランスは鋭い洞察力と観察力で貴重な情報を持ってきてくれた。守ってくれる仲間がいるからこそ、大胆な行動に出られるのだろう。もちろん、自身の能力も必要だ。

魔物に囲まれても余裕でいられる騎士たちに、ルドルフは羨ましくなった。

「だからといってボスを狙っても、他の2頭が邪魔をしてくるだろう」

「そうなんすよねー。それじゃ目障《めざわ》りなんで、2頭はさっさと退場させちゃいます？」

「そうしよう。とくにあの2頭は殿下の剣を恐れて近づいてこない。ボスは私たちが殺《や》るから、他の2頭を頼む」

ここでは第一騎士団副団長のカイザーが司令塔だ。他の騎士たちも聞き逃すまいと、彼の指示に耳を傾ける。それでも魔物への注意は怠《おこた》らない。

カイザーが近くにいた騎士に目配せすると、騎士は両手を突き出して水魔法を飛ばした。瞬間、魔狼牙が飛び退《の》くと、ボス以外の2頭に向かって騎士たちが集中し、尻尾の長いボスは2頭から引き離された。

「ルド！」

「問題ない！」

他の騎士から遅れること数秒。地面を蹴った2人はボスの魔狼牙との距離を縮めた。

先に鞘から剣を抜いたカイザーは、そのまま魔狼牙に向かって攻撃する。しかし、魔狼牙は反射的に後ろに飛び退き、カイザーの剣をかわした。――その時、カイザーの背後からルドルフが飛び出して剣を振り上げた。

グリップから剣先に向かって光を帯びた剣に、魔狼牙は一瞬怯んだ。それでも素早さを活かしてルドルフの剣から逃れる。だが、剣の切っ先が腹部の毛を掠《かす》めた。

「チッ、あと少しだったのに！」

ルドルフは手応えのない剣に舌打《したう》ちするも、深追いせず一旦《いったん》立ち止まった。その隣にカイザーが駆け込んでくる。

「惜しかったな。でも剣の効果は十分あったようだ」

カイザーに言われて仕留め損《そこ》なった魔狼牙を注意深く見れば、腹部の毛並みが蒸発するように黒い煙を上げて焼け焦げている。

やはり魔物が恐れるだけのことはある。光属性の効果は絶大だ。ボスの魔狼牙はルドルフの剣に向かって低く唸るも、敢えて一定の距離を保っていた。

そこに、獣の低い鳴き声が後方から聞こえて、視線だけを向けた。

「あちらは終わったようだね」

「ああ、無事に済んでよかった。残るは――」

ランスをはじめとする騎士たちが2頭の魔狼牙を消滅させたのを確認し、ルドルフとカイザーは再び残り1頭となった魔狼牙を見た。

仲間を失った魔狼牙はボスという立場も失い、怒りに震える様子で大きく唸った。鼻を高く持ち上げて遠吠《とおぼ》えをすると、体や赤い毛並みに変化が起きた。体が一回り大きくなり、赤い毛が黒に変わっていく。先程負った火傷《やけど》の痕も綺麗になくなっていた。

「やはり異端種だったか！　完全に覚醒しきっていないようだが、次の覚醒が来ないとも限らないっ」

「ならば、次で確実に仕留めよう！」

突然の異端種への覚醒に、練武場の空気は一変した。

前回の事故でトラウマを植えつけられ、騎士団を去らねばならなくなった新人騎士がいる。魔法契約で事故の詳細や退団の理由を語ることは禁じられているが、彼自身も思い出したくない記憶だったろう。命こそ助かったものの、無力さを嫌というほど思い知らされたのだから。

それでも乗り越えなければいけない壁だ。現在、練武場にいる騎士たちは、幾多の辛《つら》い記憶を抱えながらも騎士団に残った猛者《もさ》たちだ。異端種の出現に緊張は走ったが、落ち着いている。

「挟み撃ちにしよう！」

「カイザーに扱《しご》かれた成果を見せる時が来たよ！」

ルドルフも異端種の魔狼牙に臆することなく、カイザーと共に練武場の端へと追い詰めていく。その間に数回の攻撃を仕掛け、様子を窺った。覚醒した魔狼牙は力もスピードも数倍上がっていたが、ルドルフの剣だけは避けていた。

攻撃しつつ、先回りして退路を断ったカイザーは、魔狼牙に向かって火の魔法を放った。その先にルドルフの姿があったが、無効化を持つ彼に火の魔法は効かない。

「ルドルフ、今だ！」

カイザーの火魔法を避けた魔狼牙だが、一瞬だけ足を止めたことが命取りになった。

火を突き破るようにして背後から現れたルドルフが、刃《やいば》を振り下ろした。

「──君には感謝するよ。歴史が変わる瞬間の立役者《たてやくしゃ》になってくれたんだ」

魔物が死の間際で見る景色に、これまでは白金の髪が映ったことはない。王族が魔物を倒した記録もない。王国の歴史上、今日が初めてだ。

ルドルフは握りしめた剣で魔狼牙の首を切断した。絶命した魔狼牙は、ルドルフの足元で静かに灰となって消えた。

練武場に静寂が訪れると、聞こえてくるのは自分の荒い息遣いだけだった。ルドルフは空を仰ぎ、防壁が解除されていくのを見つめた。

長年の夢が叶ったというのに、不思議と何も変わらない。

言葉も、表情も、思いも……。

頭が真っ白になって実感が湧いてこなかった。

しかし、振り返るより先に飛び込んできたカイザーに肩を抱かれ、練武場に響き渡る歓声が耳に届き始めた時、ルドルフはようやく表情を綻ばせた。

◆◇◆◇◆

いくつも重なった防壁越しに実戦訓練を見守っていたヘルミーナは、自分の呼吸が止まっていたことにも気づかずにいた。

目の前で知り合いが、仲間が、怪我を負うかもしれない。最悪、殺されるかもしれないのだ。そんな状況の中で、平気でいられるはずがなかった。

けれど、彼らにはこの光景が普通で、当たり前なのだ。王国騎士団は常に死と隣り合わせの状況下で、魔物の脅威から民を救ってくれている。それがより鮮明に見えてきた。

すると、火の中から現れたルドルフが、光の刃を振り下ろして魔狼牙の首を斬り落とした。

――王族が魔物を倒した。

非公式の実戦訓練とはいえ、エルメイト王国史上初めての出来事だった。

「歴史の動く瞬間に立ち会えて、万感の思いです」

見守っていた全員が言葉を失う中、途中から合流したモリスが感嘆の声を漏らし、唇を震わせて目頭《めがしら》を押さえた。王国を知り尽くした宰相が言うのだから、そうなのだろう。

歴史が動いた。その中心となった人物は、白金の髪を靡かせたまま呆然と立ち尽くしていた。魔狼牙を倒した剣を両手に握りしめ、肩が上下に動いているのだけが分かった。

足元に転がる魔狼牙が消滅すると、練武場を覆っていた防壁が解除された。すると、静まり返っていた練武場に大きな歓声が湧いた。

「――ルドっ！」

カイザーに抱きつかれ髪をぐちゃぐちゃにされたルドルフは、嬉しそうに笑いながらこちらに近づいてきた。

ヘルミーナの手を離したアネッサは、見学席の階段を下りて駆け出していた。他の騎士たちもルドルフの元へ集まってくる。ヘルミーナもまたモリスたちと練武場に下りていった。

騎士たちに取り囲まれるルドルフの胸元に、アネッサが飛び込んでいくのが見えた。

先程まで手を握り合っていたヘルミーナには、アネッサの気持ちがよく分かった。いくら平静を装っていても、不安や恐怖は拭い切れない。アネッサを両腕でしっかり抱きしめるルドルフの表情にもまた、安堵の色が浮かんでいた。

歓喜に沸く彼らを少し離れたところから見守っていたヘルミーナは、「行かなくても宜しいんですか？」とモリスに訊かれて首を振った。

「いいえ、私は……。見学していただけですので」

「あのような剣をお作りになったのに？」

「魔物を倒したのはルドルフ殿下の剣術が優れていたからです。……本当に、倒せてよかったです」

目の前でわいわいと騒ぎ合う光景を、羨ましくないと言ったら嘘になる。でも、あの輪に入っていく勇気はなかった。１人ひとりとは話せても、大勢のいる場所へ飛び込む気持ちにはなれない。社交界でもそうやって壁の花になって過ごしてきたのだ。

でも、あの頃と違って心は晴れやかだ。自分も彼らの一員になれている気がして、自然と頬が緩んだ。

その時、ルドルフたちを取り囲んでいた人だかりが突然左右に分かれ、ヘルミーナに向かって１本の道が作られた。すると、アネッサを連れてルドルフがこちらに歩いてきた。突然のことに驚いて後ろへ下がると、マティアスとぶつかってしまった。

「ヘルミーナ嬢、今いいだろうか？」

「え？」

退路を絶たれたヘルミーナは他の逃げ道を探そうとするが、視線を一斉に向けられて動けなくなってしまった。

これはなんの嫌がらせだろうか。指先まで冷たくなっていくのを感じながら、ヘルミーナは魔物を倒したルドルフを出迎えた。

「今日は非公式の場だから安心してほしい」

「は、はい……」

つまり公の場では言えないことなのだろう。光属性に関することだろうか。そう思った瞬間、ルドルフはアネッサを残し、ヘルミーナの前までやってきた。

そして腰に差していた剣を抜き取ると、地面に突き刺し、いきなり片膝をついたのだ。

王族が、それも王太子という立場の者が、国王以外の前で跪くなどあってはならない。ヘルミーナは驚きのあまりひゅっと息を吸い込んだ。

それなのに、ルドルフはロングソード越しにヘルミーナを見つめながら口を開いた。

「ヘルミーナ嬢、貴女のおかげで魔物1匹倒せなかった王族の私が、戦える力を手に入れた。この剣があれば愛する人を、友を、そして大切な民を守ることができる。何より弟の夢を叶えてやれる。……無力な己を嘆くのは今日までにしよう。そして、我々を導いてくれた貴女に恥じない未来の王になることを——ルドルフ・ディゴ・エルメイトの名にかけて、ここに誓う」

歴史に記されることのない出来事だとしても、未来の国王となる王太子が誓いを立てるなどあり得ない話だ。けれど、周囲を見ても驚いた様子はない。宰相のモリスも、ルドルフの婚約者であるアネッサも、レイブロン公爵をはじめとする騎士たちも、ルドルフの行動を止めよう

とする者は誰もいなかった。それどころか納得しているように見える。

ヘルミーナは唾《つば》も飲み込めないほどカラカラに渇いた喉に息苦しくなった。立っていられるのも不思議なぐらいだ。

でも、黄金の瞳で真っ直ぐに見つめてくるルドルフから目を背けることはできなかった。もう後ろに下がれないなら、前を向くしかない。ヘルミーナは一歩近づき、ルドルフの握りしめるロングソードの柄頭に右手を置いた。

「――ルドルフ王太子殿下の誓い、この私ヘルミーナ・テイトが聞き入れました。光の神エルネス様の祝福がありますように」

ヘルミーナが触れた途端、柄頭の魔法石が光り出した。ルドルフの誓いが光の神エルネスまで届いたようだった。

その神々《こうごう》しい光景を、人々は息を呑んで見守っていた。そして、どこからともなく聞こえてきた拍手に次の拍手が重なり、やがて先程よりも大きな歓声が広がっていった。

ルドルフが手にしている剣はのちに「光の聖剣」と呼ばれるようになり、エルメイト王室の宝剣《ほうけん》として代々受け継がれていく。ただ、剣の入手については秘匿《ひとく》され、永遠に語られることはなかった。

心臓に悪い――。ルドルフの誓いを聞き入れてからすぐに、ヘルミーナは宮殿に戻ってきた。練武場までと思っていた護衛は、引き続きマティアスが担当してくれている。

◆◇◆◇◆

「ルドルフ殿下の剣はヘルミーナ様が贈られたのですか？」

じっとしていられずに中庭に出て、鮮《あざ》やかに花が咲く花壇を眺めながら歩いた。

「はい。剣そのものはレイブロン公爵様からいただいたものですが、魔法石は私が加工しました。団長様が身につけていたペンダントのおかげで、光属性の魔力も魔法石に流し込めることが分かりました。とても感謝していますが、ペンダントのことを誰にも言わずにいたため私の功績のようになってしまい、団長様には申し訳なく……」

「いいえ、私は気にしておりません。ヘルミーナ様のお役に立てて嬉しく思います」

ふと足を止めると、花の香りがより強く漂ってきた。神聖魔法を浴びた花壇の花は、見頃を過ぎても枯れずに咲き残っていた。

ヘルミーナが振り返ると、マティアスも同時に立ち止まり、2人の視線が重なった。

「ありがとうございます。ですが、お礼はさせていただきたいです。私のできる範囲になってしまうのですが……」

「それでしたら、名前を呼んでいただけませんか？」

「……名前、ですか？」

「団長ではなく、私のこともマティアスと呼んでいただきたいのです」

宝石のように美しい緑色の双眸に見つめられると、落ち着かなくなる。風の民は全てを見通せる目を持つと言われているが、それだけ洞察力も優れているのだろう。

そんなお礼でいいのかという表情も読み取られてしまったのか、マティアスはもう一度「名前でお呼びください」と言った。断る理由がなかったヘルミーナは、頷いたあと、顔を上げてマティアスを見た。

「分かりました――マティアス様」

ヘルミーナの知る「団長」はマティアスしかいなかったが、団長の肩書を持つ騎士は他にもいて、今日の実戦訓練には各部隊の団長が揃っていたと聞かされた。そんな場所で「団長様」と呼んだら、マティアス以外の団長も振り向いてしまう。

それなら、名前で呼んだ方が問題は起きない。そう1人納得するヘルミーナに、マティアスは突然口元を押さえた。

「是非《ぜひ》、そちらでお願いします……」

名前を呼んだだけなのに、いつも淡々としているマティアスが耳まで真っ赤にしているのを見てしまい、ヘルミーナは咄嗟に視線を逸らした。前回と似た状況に、余計なことまで浮かんできてしまいそうだ。

必死で頭の中をクリアにするものの、マティアスの方を振り返ることはできなかった。

その時、近づいてくる赤い団服が視界に映って、ヘルミーナは視線を上げた。

「……カイザー様？」

やってきたのはカイザーだった。どんどん近づいてくるが、その顔に笑顔はなかった。

いつもと違う様子に、ヘルミーナの方は近づけなかった。カイザーの目は真っ直ぐマティアスに向けられ、「交代です、団長」と冷たい口調で言ってきた。

なぜか張り詰めた緊張感に背筋がぞわりとする。一体、何があったのか。ヘルミーナはカイザーとマティアスを見つめ、胸がざわついた。

３人の間を強い風が吹き抜け、いくつかの花弁が舞い上がった。

◆◇◆◇◆

練武場から上機嫌で王宮の執務室に戻ってきたルドルフは、紐で括《くく》られた手紙の束が机の上にあるのを見つけて首を傾げた。椅子に腰掛け、１通の封筒に手を伸ばす。

差出人を確認してから封を切り、読み始めると、一瞬だけルドルフの表情が曇った。侍従のフィンが現れ、全て知っているような顔で「お読みになりましたか？」と訊ねてきた。

「謝罪の手紙というより、これは脅迫状《きょうはくじょう》に近いね、フィン」

「燃やしましょうか？」

真顔で言うフィンに、「私もそうしたいところだけど」とルドルフは肩を竦め、便箋《びんせん》を封筒に戻した。1通はルドルフ宛ての手紙だ。しかし、紐で括られた手紙は全て、ルドルフ宛てではなかった。

宛先はヘルミーナ。差出人は彼女の婚約者であるエーリッヒだった。

彼は何通も、何通も、ヘルミーナに手紙を送り続けていた。それを、ヘルミーナの父親がルドルフに知らせてきたのだ。

――エーリッヒはまだヘルミーナを諦めていない、と。

ルドルフは前髪を掻き上げ、触れるのも躊躇してしまうほど厚い手紙の束を見下ろした。

「婚約解消の同意は得られず、か。さて、どうしようかな――」

4章　黒い瘴気と奇跡の娘

騎士団の宿舎脇で洗濯《せんたく》紐に白いシーツを掛けていたメイドが、ふと漏らした。

最近、騎士団の雰囲気が変わった、と。それを聞いた同僚のメイドもまた、洗濯物を干しながら宿舎の建物を見上げて頷いた。

——確かに変わった。

今までは殺伐《さつばつ》としていた騎士たちの雰囲気が、柔らかくなった気がする。おかげで仕事中に息を殺す必要がなくなった。

何より、命を落とす騎士がいなくなった。怪我が原因で退団する騎士も。

騎士の中には、使用人に対しても気さくに声をかけてくる人がいた。そんな騎士が討伐で帰らぬ人となり、悲しみに耐えきれず辞めていく使用人も多かった。そのため騎士とは関わらず、仕事と割りきって働く者が増え、騎士と使用人たちの間には微妙な距離ができていた。

けれど、それがなくなってきた。

挨拶だけだった騎士が、積極的に話しかけてくるようになった。殺風景な廊下には花瓶が飾られ、騎士が楽しく談笑する姿も見かけるようになった。

――こんな日がずっと続けばいいのに。

暖かな日差しが差し込み、干したばかりの洗濯物が気持ちよさそうに揺れていた。

「ミーナさん、怪我人を連れてきましたっ！」

「こちらにお願いします！」

騎士団宿舎の病室に、２人の騎士が右足に血を流した騎士を支えて連れてきた。

今日は新人の実戦訓練だ。軽傷者は練武場にいる専属の医者が治療しているが、重傷の患者は病室に運び込まれることになっていた。

現在この病室に医者はいない。神官もいない。けれど、それ以上に怪我人を治してしまう奇跡の癒やしがあった。

ミーナ、と呼ばれた女性が忙しく動き回り、運び込まれた怪我人に両手を翳した。すると、患部が白い光に包まれ、瞬く間に抉られた肉と皮が再生して傷口が塞がっていく。見れば見るほど不思議な光景だ。

全治３カ月の怪我を一瞬にして治してしまう魔法と、その魔法を唯一宿した「ヘルミーナ」という女性。貴族の令嬢らしいが、彼女は次々に運ばれてくる怪我人を、分け隔《へだ》てなく治癒していった。

「次はこっちをお願いします！」

「分かりました！」

薄い水色の髪を揺らして動き回るヘルミーナの顔に、焦りや恐怖は見られなかった。怪我を負った騎士を治癒する真剣な眼差しは、魔物と対峙《たいじ》する勇敢な騎士と遜色《そんしょく》ない。彼女もまた戦っているようだった。

そもそも彼女は騎士団の所属ではない。唯一の光属性持ちとして覚醒したヘルミーナは、魔法を訓練するために騎士団の病室で働いていた。

彼女のおかげで希望を失わずに済んだ騎士は多い。

最初は驚きで浮足《うきあし》立っていた騎士も、時間が経つにつれ彼女への感謝を深めていった。

騎士を辞めずに続けられている。

家族や仲間や大切な人と笑っていられる。

心臓が今も鼓動している。――それまで通りの時間を過ごしていると、あの白い光の温もりを思い出さずにはいられなかった。

「お疲れ様でした、ミーナ様」

「様はやめてください、パウロさん」

パウロもその1人だ。平民のパウロは新人を育成する部隊に所属していたが、実戦訓練の最中に起きた魔物の暴走で瀕死《ひんし》の重傷を負い、ヘルミーナによって命を助けられた。もし命を失っていたら、結婚したばかりの妻を1人残し、子供の顔も見ずに終わっていただろう。現在も剣を握っていられるのは、今目の前にいるヘルミーナのおかげだ。

「人がいる場所では気をつけています」

「そういう問題では……」

「マティアス団長もそのようにされているかと」

上の者の名を出すとヘルミーナは一瞬納得するが、「パウロさんまで真似する必要はありません！」と、すぐに口を尖《とが》らせた。

パウロは以前と比べて表情が豊かになったヘルミーナに笑いを堪え、汚れたシーツの片付けを手伝った。ヘルミーナの護衛をしていることを、他の使用人に知られてはいけないからだ。

「そういえば第二騎士団の団長と、ウォルバート一族の騎士が謝罪に来たと聞いたのですが、本当ですか？」

「……それは」

第二騎士団は、前回の国王夫妻による地方視察に同行していた。村を襲う魔物の群れに鉢合《はちあ》わせ、討伐を余儀《よぎ》なくされた。辛うじて成功したものの、怪我人は多く、未だ現地で治療を受けている者もいる。

国王夫妻と共に戻ってきた騎士の中にも、騎士に復帰できるか分からないほどの怪我を負った者がいた。現実に絶望する彼らに、同じ騎士としてかける言葉が見つからなかった。

そんな中、ヘルミーナが再び騎士団の宿舎に現れた。彼女は身分を偽り、使用人の装いで病室を訪れ、あっという間に怪我人を治してしまった。

怪我が治った騎士は感動に打ち震え、病室は歓喜に包まれたという。そう、まさに自分の時と同じように。

奇跡の魔法を惜しみなく施すヘルミーナの話を聞いて、パウロはいても立ってもいられなくなった。血が騒いだのは第一騎士団に所属していた時以来だ。

か弱いながらも仲間を治癒してくれたヘルミーナに、パウロは自分が恥ずかしくなった。戦える力があるなら戦うべきなのに。新人の育成も重要な役割だが、それは他の者でも十分こなせる。最愛の人を手に入れてから、臆病《おくびょう》になっていたのかもしれない。

パウロは以前から打診されていた現場復帰の話を受け、実力試験を経て第二騎士団の副団長に着任した。そして最初の任務として、ヘルミーナの護衛を任されたのだ。

「私は平民なので貴族同士の問題に口出しすることはできません。ですが、ミーナ様の護衛を任された以上、何かあれば遠慮なく――」

「だっ、大丈夫です！　本当に、何もありませんでした！」

パウロの表情が凍えそうなほど冷たいものに変わると、ヘルミーナは両手と首を振って何事もなかったことを必死にアピールした。

ヘルミーナは、パウロの知る傲慢《ごうまん》で我儘《わがまま》な貴族令嬢とは全く違っていた。

護衛を引き受けるに当たり、ヘルミーナの事情を聞かされたパウロは、彼女がこれまで受けてきた仕打ちに言いようのない怒りを覚えた。彼女を好き勝手に扱ってきた婚約者に対しても、彼女を嘲笑《あざわら》った貴族に対しても。

平民である以上、貴族の問題に手を出すことはできない。しかし、少しでも彼女の不安を和らげ、耳を塞いでやることは可能だ。ヘルミーナを守るのは自分だけではないのだから。

「何かあればすぐに私や団長たちに言ってください。ミーナ様にもしものことがあれば、私の妻も悲しみますから」

パウロが妻のことを口にすると、ヘルミーナは嬉しそうに顔を綻ばせた。

パウロの妻は元騎士で、特別任務を任された際にヘルミーナと顔を合わせていた。本来ならそこで終わるはずだったが、今もパウロを介して手紙のやり取りをしている。ヘルミーナに何かあれば妻をも悲しませることになる。

「はい、そうします！」

満面の笑みを浮かべて返事をするヘルミーナを見て、パウロもようやく口元を緩めた。

その時、廊下から騒々《そうぞう》しい足音が聞こえてきた。

「ミーナ嬢、すまない遅くなった！」

壊れてしまうんじゃないかという勢いでドアが開いたかと思えば、第一騎士団副団長のカイザーが息を切らして滑り込んできた。

魔物を取り逃がしても、今ほど焦った様子は見せなかっただろう。

パウロは予定より30分も早く迎えに来たカイザーに、やれやれと肩を竦めた。

「お疲れ様です、カイザー副団長」

突然現れたカイザーは、周囲に人がいないのを確認してから近づいた。それから咳払いをひとつしてから口を開く。

「あー……パウロ副団長、あとは私が代わるから戻って大丈夫だ」

「予定より早いようですが」

「実戦訓練が予定より早く終わっただけだ」

本日の実戦訓練は、指南役を第一騎士団が務めていた。第一騎士団の実力を間近で見ることができると、新人の騎士たちが嬉しそうに話していた。

ヘルミーナも先日、魔物の討伐を見学していたから、新人騎士の興奮はよく分かる。

魔物をいとも簡単に制圧してしまう姿は本当に格好よかった。

ヘルミーナが1人、納得したように頷いていると、カイザーが目の前にやってきた。

「ミーナ嬢、ロベルト先生から上がっていいとの伝言をもらってきた」

「そうでしたか。教えてくださってありがとうございます」

手持ち無沙汰《ぶさた》でも、上司のロベルトが戻るまで待つつもりだったヘルミーナは、肩の力を抜いた。

上がっていいということは、もう怪我人はいないということだ。やはり普段の訓練と違い、魔物を使う実戦となると緊張してしまう。

「皆さん無事でよかったです」

「ミーナ嬢がいるおかげで新人の騎士も安心して戦えた。もう少し訓練すれば討伐に連れていくこともできる」

最高の褒め言葉だ。ヘルミーナは緩みそうになる口元を堪え、スカートを握りしめた。

最近は感謝されることが増え、お礼の言葉を素直に受け入れるようになったものの、まだまだ慣れなかった。

それでも嬉しいことに変わりはない。ヘルミーナははにかむように笑った。上手く笑えていなかったのか、カイザーは視線を逸らした。

「それではパウロさん、本日はありがとうございました」

「ミーナ様もお疲れ様でした。ゆっくりお休みください」

ヘルミーナはパウロにお礼を伝え、カイザーと共に病室を出た。

廊下に出ると、宿舎に戻る騎士たちと鉢合わせして、それぞれが挨拶をしていく。誰もが明るい表情をしていた。それが嬉しかった。

進んでいくと徐々に人の気配が消え、誰もいない廊下をカイザーと並んで歩いた。転移装置を日常的に使っているのは、騎士でも上層部だけだ。

するとカイザーは、思い出したように口を開いた。

「そういえば以前、ミーナ嬢が私の父上に頼んでいた魔道具師の件だけど。紹介しようと思っていた方が体調を崩してしまって、もう暫く待ってくれないだろうか？」

「私の方は構いませんが、それよりその方は大丈夫でしょうか？　治療が必要でしたら」

「それは問題ない！　……あまり人付き合いが好きではない方だから」

公爵家の子息が畏まる相手というのは気になるが、ヘルミーナは敢えて訊ねなかった。あとになって、この時にしっかり聞いておけばよかったと後悔することになる。

ヘルミーナが素直に聞き入れると、カイザーは安堵した。彼は気持ちが顔に出るタイプだ。

あの日、ヘルミーナがマティアスと一緒にいるのを見て、カイザーは双眸に激しい怒りを含ませて現れた。理由は分からなかった。

ヘルミーナの護衛は現在、カイザー、パウロ、リック、ランスの4人が交代で行ってくれている。

一度は護衛そのものを断ろうとしたが、専属侍女のメアリから「騎士団内で暴動が起きますよ」と言われた。念のため騎士団総長のレイブロン公爵に伝えると、「これ以上私の悩み事を増やさないでくれ」という返事で、聞き入れてもらえなかった。

騎士団といい関係を築きたいと思っていたヘルミーナにとっては複雑だ。

先日は、第二騎士団の団長をはじめとする騎士たちが訪ねてきて、大騒ぎになった。彼らは皆、ヘルミーナと同じウォルバート一族だった。

とくに第二騎士団の団長は、ヘルミーナと面識のある貴族の子息だった。言葉を交わしたのは数えるぐらいだが、彼の名は何度も聞いていた。

そんな彼らが一堂に集まり、ヘルミーナに許しを乞《こ》うたのだ。

ヘルミーナは、同じ一族なら誰でも知る「お荷物令嬢」だった。

一族の英雄のお荷物になっているヘルミーナに、嫌悪感を抱く者もいたはずだ。一緒になって悪口を言った者もいたかもしれない。噂で流れてくる情報でしか、ヘルミーナを知らなかったのだから。

実際、直接会って話したことのある人は1人もいなかった。そんな彼らに悪く思われていたと思うと切なくなる。一方で、彼らを責めることはできなかった。悪いのは彼らではない。見れば、謝りに来たのは第二騎士団の騎士ばかりだった。第二騎士団は水属性の者たちが多く、それでウォルバート一族が暮らす地方への遠征に同行することになったのだ。そして彼らは怪我を負いながら、一族が住む村で魔物の討伐をしてきてくれた。

個人的にも彼らには感謝しかなかった。

それに、「恩人になんてことを……っ」と何度も謝られて、怒りや虚しさの気持ちはなくなってしまった。胸のすく思いで、ヘルミーナは彼らの謝罪を受け入れた。

「お荷物令嬢」なだけではない自分をこうやって知ってもらえたら、周囲からの目も変わっていってくれるかもしれない。

「ミーナ嬢、宮殿に戻ろう」

「はい！」

ミーナ、と呼ばれることが日常となり、少しずつ過去が遠ざかっていくのを感じる。婚約者に呼ばれた「ミーナ」という愛称が、特別ではなくなってきたのだ。

だから、婚約者であるエーリッヒが、今も婚約解消を拒んでいると聞かされても、心が揺れ動くことはなかった。

渡された手紙に、ずっと欲しかった言葉が綴られていても……。

◆◇◆◇◆

——僕の婚約者へ。この間はごめん。君が婚約解消に同意したと聞いて焦ってしまったんだ。どうしてあんな酷いことをしてしまったのか、君を傷つけるつもりはなかった。

——愛するミーナへ。まだ怒っているのか？　だから返事をくれないのか？　僕には君しかいないんだ。ミーナだって僕しかいないだろ？　もう一度会って話をしよう。僕の婚約者は君だけだ。

——ミーナ、もう僕を試すのはやめてくれ。早く逢《あ》いたい。1日でも君を考えない日はない。これまでの償《つぐな》いをさせてほしい。一緒に出掛けて、買い物や食事を楽しんで、君に似合いそうなアクセサリーを贈りたい。また昔のように楽しい時間を過ごそう。愛している、ミーナ。

……くしゃり。

最後の手紙を読んだ瞬間、ヘルミーナはその手紙を握り潰《つぶ》していた。

淑女《しゅくじょ》としてあるまじき振る舞いだが、咎める者は誰もいなかった。周囲は息を呑んで見守っていた。

「手紙は全て燃やしてください。私には必要ありません。——何を言われても私たちが元に戻ることはありませんから」

2人を繋いでいた糸は完全に切れた。

ヘルミーナが顎を持ち上げて己の意思を伝えると、前に座っていた王太子のルドルフは楽しげに笑い、彼の婚約者のアネッサは深く頷き、同じく招かれていたランスは「すぐにでも」と片手から火を出した。

婚約者は知らないだろう。

今のヘルミーナは、もう1人ではなかった。


ルドルフが魔物を倒した翌日。ヘルミーナは、ランスと共に彼の執務室に呼ばれた。フィンに案内されて室内に入ると、ルドルフとアネッサが待っていた。

何度も顔を合わせるうちに免疫がついたようだ。体が硬直することはなくなった。

挨拶を済ませたあと、彼らと対面する形でソファーに腰を下ろす。横で立ったままのランスに半分譲ったが、丁重《ていちょう》にお断りされた。

「ヘルミーナ嬢の父上から手紙を預かってきたよ」

「父からですか……？」

素早くお茶を用意してくれたフィンは、さらに銀のトレイに手紙を載せて運んできた。ざっと数えて20通はあるだろうか。麻紐《あさひも》に括られて束になっていた。

「正確には君宛てに届いた手紙を、こちらに送ってもらったんだ。送り主はアルムス子爵家の令息《れいそく》で、君の婚約者だね。まだ辛《かろ》うじてだけど」

「――……っ」

君の婚約者、と言われてヘルミーナにぞわりと寒気が走った。無意識に両腕を引き寄せる。

ヘルミーナが手紙に手を伸ばすこともせずにいると、ルドルフは続けて口を開いた。

「どうやら伯爵邸に幾度となくやってきては、君を出せと喚《わめ》き散らしているようだ。私兵のおかげで、屋敷の中まで乗り込まれることはなかったようだけど。でも彼はまだ君を諦めていないらしい。君の父上は婚約が早く解消されることを望んでいるが、君たちは子供の頃に婚約した仲だ。家族も同然だろう。テイト伯爵も悩んだ末、この手紙を届けてきたようだ。君の心変わりを危惧《きぐ》してね」

ルドルフは説明しながら、持っていた別の手紙をヘルミーナの前に差し出してきた。父親がルドルフに宛てた手紙だ。恐る恐る手紙を取って中の便箋に目を通すと、ルドルフが先程話した内容が書かれていた。

捨てようとしたが、娘に判断を任せたいと書かれていた。父親から信頼されている気がして嬉しかった。おかげで、婚約者から送られた手紙がどんな内容でも恐れずに向き合えた。

ヘルミーナはルドルフに断りを入れてから手紙を開封した。

そういえば婚約者のエーリッヒから、個人的な手紙が送られてくるのは何年ぶりだろう。誰が書いているかも分からない、用件だけの手紙が送られてくることはあったけれど。

子供の頃はよく手紙のやり取りをしていたのに、今は懐かしいとさえ思わなくなった。エーリッヒの成長していない文字を見ても。

付け加えるなら、昨日初めて魔物を見た。魔物が討伐される瞬間を見学し、王太子のルドルフが目の前で跪いて誓いを立てた。全てが信じられないことの連続だった。

だから、昨晩は興奮して眠れなかったのである。そう、徹夜明けだ。今朝出された料理さえ覚えていない。

でも、昨日の興奮だけはまだ冷めていなかった。そこへ水を差すような手紙だ。握り潰したくもなる。

夢心地から一気に現実へ引き戻された感覚に、ヘルミーナの目は完全に据わっていた。

「お手を煩わせてしまい申し訳ありませんでした」

「君が謝ることではないよ」

「ええ、そうよ。貴女の元婚約者が現実を受け入れられていないだけだわ」

ランスによって塵《ちり》となった手紙を見守ったあと、ヘルミーナは深々と頭を下げた。

手紙を燃やしたランスは「団長や副団長だったらこの部屋ごと吹き飛んでたかも～。オレでよかったよ」と、呟いた。思わず振り返ってランスを見ると、「今度会ったら確実に仕留めておくね」と良い笑顔を向けられた。2人が出会わないことを祈りたい。

「改めて、ヘルミーナ嬢は婚約者とやり直す気はない……ということでいいのかな？」

「婚約解消に同意した時から、私の中ではすでに終わっています。今後、どんなことがあっても戻るつもりはありません」

「ふむ、君の気持ちは分かった」

「心配いらないわ、ヘルミーナ。婚約の件は私たちに任せてちょうだい」

「ちょうど四大公爵を交えたパーティーがあるね。こちらから直接ウォルバート公爵に圧力をかけるのも悪くない」

目の前で展開される権力者同士の会話に、自然と背筋が伸びる。ただ、自分のできることは何もない。

――今更だ。

今頃になって、こんな手紙をもらっても嬉しくなかった。

本心なのか、上辺《うわべ》だけの言葉なのか。手紙には欲しかった言葉がいくつも並んでいた。少し前の自分だったら誤った判断をしていたかもしれない。

でも、求めていた時期はとうに過ぎてしまった。この関係が修復することは、もうないのだ。

ヘルミーナの婚約に関しては、進展があれば知らせてもらうことになった。

それから、慌ただしい日々を送っているうちに、またエーリッヒのことは思い出さなくなっていた。

休日は宮殿の中庭に出て花壇の様子を確認し、テラスでお茶を飲みながらメアリと談笑することしばし。手紙のことも忘れかけていた。

そこに、フィンがやってきた。彼はヘルミーナの傍に来ると、1通の封筒を差し出してきた。

一瞬、嫌な記憶が蘇る。だが、送り主は予想外の相手だった。

「ヘルミーナ様に招待状をお持ちしました」

「……どなた様からでしょう？」

「フレイア王妃様です」

がたん、と音を立ててヘルミーナは椅子から立ち上がった。受け取ると、封蝋《ふうろう》には薔薇《ばら》の印《いん》璽《じ》がはっきり刻印されていた。

「おっ、おおお王妃様ですか!?」

招待状を持ったまま焦るヘルミーナは、神妙な面持《おもも》ちで「王妃様です」と頷くフィンを見て、絶対に逃げられないものだと唾を飲み込んだ。

国王の寵愛《ちょうあい》を得て、伴侶《はんりょ》となった王妃。

代々続く、王妃のために建てられたエルローズ宮殿に住まう。薔薇で美しく彩られた庭園も引き継がれることから、その宮殿は薔薇の花園《はなぞの》とも呼ばれていた。

そして、長く受け継がれてきた庭園は、今も見事な薔薇を咲かせていた。

「光の神エルネス様のご加護がありますように。フレイア王妃様にご挨拶申し上げます。テイト伯爵家の長女、ヘルミーナ・テイトと申します」

「よく来てくれたわね、テイト伯爵令嬢」

転移装置でエルローズ宮殿に移動すると、王妃の専属侍女がヘルミーナを出迎え、案内してくれた。護衛は連れてきていない。そういう約束だったからだ。

1人だけ招待されたことに、不安を通り越して頭の中が真っ白だ。おかげで、向かう先々で人払いが済んでいることにも気づかなかった。

緑色の髪をした侍女に「こちらでございます」と連れてこられたのは、薔薇の花園にあるガゼボだった。薔薇のアーチをくぐったところに、まるで秘密基地のようにぽつりと建てられたガゼボは白で統一され、洗練された美しさがあった。

王妃の庭園は特別な客人しか通されないと聞く。例え国王でも、王妃の許可がなければ足を踏み入れることはできない。それほどプライベートな場所だった。

ヘルミーナは、ガゼボに置かれたカウチソファーにゆったりと座る王妃を見つけて思わず足を止めてしまった。

到着を待っていた王妃は、人族の薔薇園に迷い込んだ森の精霊が、束の間の休息を取る姿に見えた。

しばし見惚れてしまうと、侍女が咳払いをして現実に引き戻してくれた。

慌てて挨拶をすると、王妃は傍の椅子を勧めてくれた。声まで美しい。すっかり魅了されてしまったヘルミーナは、ふわふわした気分で椅子に座った。

席に着くと、お茶やお菓子が運ばれてきた。その直後、侍女やメイドは風に溶け込むように消えてしまった。

「私の招待に応じてくれて感謝するわ。貴女のおかげで体がすっかり癒えたわ」

「お役に立てて嬉しく思います」

「ヘルミーナ、と呼んでもいいかしら?」

自分の作った魔法薬が王妃の役に立ち、感謝されるだけでなく名前まで呼んでもらえることになり、ヘルミーナは歓喜で心が震えた。なんとか「は、はい！　是非お願い致しますっ」と返すことはできたが、暫くこの喜びに浸っていたかった。

社交界では遠くから眺めることしかできなかった王妃が、触れられる距離にいる。夢じゃないかと頬を抓《つね》ってみたかったが、緊張で体がガチガチになっていた。

「ふふ、そんなに緊張なさらないで？」

「――――」

無理です、と即答しかけた言葉を必死で呑み込む。口の中から水分がなくなっていた。メイドが淹れてくれたお茶を飲んでもいいだろうか。じっとカップに入った赤い液体を見つめていると、王妃がまた笑った。

「ローズティーよ、遠慮せずお飲みになって」

「い、いただきます……」

震える手でカップを持ち、一口つけると、薔薇の香りが口の中に広がった。

この飲み物にはリラックス効果があるのかもしれない。気分が和らぐと、ヘルミーナはようやく王妃に視線を向けることができた。

――フレイア王妃は全ての女性の憧《あこが》れだった。

彼女は風属性の一族を束ねるセンブルク公爵家の長女で、見惚れるほどの美貌を褒める人も多いが、それだけではない。彼女が討伐してきた魔物の数は王国の騎士と肩を並べるほどだ。

王妃は結婚する前、センブルク公爵家の私兵を率いて西の城壁に出向き、ラゴル侯爵家と協力して魔物の討伐を行っていた。風の民の血縁者でもある彼女の戦いぶりは、嵐のように激しいことで有名だった。魔物を見つければ容赦なく風の刃で切り裂いていく。恐れ知らずの戦姫《せんき》とも言われていた。

国王が伴侶に彼女を選んだのも頷ける。

浅葱《あさぎ》色のドレス姿で一緒にお茶を嗜《たしな》む王妃からは想像もつかないが。ヘルミーナが「とても美味しいです」と返すと、王妃は黄緑色の目を細めてにっこり微笑んだ。とても魔物を切り刻んでしまう女性には見えない。

お茶で一息ついたところで、王妃はカウチソファーに置いていた掌サイズの箱を取ってヘルミーナの前に差し出してきた。

「お口に合ってよかったわ。それから、これは私から貴女に個人的なお礼よ」

「これは……」

渡された箱は青いジュエリーケースだった。触れるのも躊躇してしまう高級なケースに、伸ばしかけた手を一度は引っ込めたが、王妃の強い眼差しに負けて受け取ってしまった。

そのまま手にしたケースを開くと、中には黄金の葉に緑色の宝石がついたブローチが入っていた。

「ブローチの形をした魔道具なの。魔法石に私の魔力を付与しているわ。ブローチの両脇を押して投げれば、屋敷ぐらい簡単に吹き飛ばせるわね」

「や、屋敷を……っ!?」

高価な魔法石に自身の魔力を付与して相手に渡すのは、最上級の信頼の証だ。

地方によっては、娘であれば嫁ぐ時に渡し、息子なら成人した時に贈ると聞いたことがある。

他にも親しい友人や恋人の間で絆《きずな》を深めるために贈り合うものだが、ヘルミーナはまだもらったことがなかった。

婚約者とは縁を切り、仲のよかった友達とは疎遠《そえん》になり、親元から離れているヘルミーナにとって、予想外のプレゼントだった。

「私などがいただいてしまっても宜しいのでしょうか？」

「貴女のために作らせたのよ。もらってくれないと私が困ってしまうわ」

そこまで言われてしまうと受け取らないわけにはいかない。ヘルミーナはお礼を言って、開いていたケースを優しく閉じた。

これをつけて社交界のパーティーに行ったら、多くの令嬢たちに睨まれそうだ。

それなのに、ヘルミーナは王妃から受け取ったブローチをつけてパーティーに参加してみたくなった。以前は人目を気にして目立たないように努めてきたのに、今はどんな酷い言葉を投げつけられても逃げ出さずにいられる気がした。皆のおかげで自信がついたのかもしれない。己の成長を感じていると、王妃は「気に入ってくれてよかったわ」と目を細めた。ヘルミーナは慌ててケースを仕舞い、居住《いず》まいを正した。

そこから暫く沈黙が続いた。ヘルミーナから口を開くわけにもいかず、お茶を数回ほど口に運んだ。王妃もまたカップを持ち上げて口をつけた。けれど、先程までとは違い、妙に思い詰めた表情を浮かべている。何かあったのか訊ねたかったが、ヘルミーナはじっと待つことしかできなかった。

するど、王妃は悩んだ末に訊ねてきた。

「そういえば貴女のご両親は、テイト伯爵夫妻でお間違いなくて？」

「は、はい……間違いありません……」

「お二人の間に産まれた子供という認識でいいかしら？」

「はい、それは絶対に間違いありません」

これは何の尋問《じんもん》だろうか。

どんな時も堂々としていた王妃が、今は目も合わせようとしない。悪いことをしているわけではないのに、どちらも落ち着かなかった。

「貴女は母君に似ているのかしら？」

「いいえ、私は父に似ているとよく言われます」

「そう……。それじゃあ、貴女が陛下の隠し子というわけではないのね……？」

「ちっ、違います！　いいえ、そんな！　王妃様が疑われることは何も！」

「……そうなのね。それを知って安心したわ」

——安心したのはこちらの方です。

今のやり取りは一体どういうことだろうか。まさか国王の隠し子だと疑われていたのだろうか。王妃の、あまりに深刻な質問に、一瞬ありもしないことを考えそうになったが、自分の両親に限ってそんなことはない。それだけは自信を持って言える。

ただ、あまりの出来事にお茶の味も忘れてしまいそうだ。

どうしてそんな話になったのか。ヘルミーナは安堵の表情を浮かべる王妃に、作り笑顔を見せるのが精一杯だった。

ヘルミーナの笑顔を見て、「誤解が解けてよかったわ」と王妃は喜んだ。寿命が縮んだ気がする。もし誤解が解けなかったら、今頃魔物のように切り刻まれていたかもしれない。

ちなみに、この誤解の元凶《げんきょう》が王太子のルドルフにあると知った時は、膝から崩れ落ちた。

わだかまりがなくなったことで、王妃は穏やかな口調で話しかけてきた。大半は王妃が質問してヘルミーナが答えるスタイルだったが、訊かれたのは家族や領地のことで、言葉に詰まることはなかった。

しかし、ウォルバート一族が誇る水の都カレントの話になった時、王妃はやや表情を曇らせた。

「カレントには行ったことがあるわ。美しい港町で、他国との交易も盛んに行われているわね」

「はい！　大通りの市場はいつも賑《にぎ》わっていて、朝早く水揚《みずあ》げされた魚が並べられ、異国の衣類や装飾品が置かれています」

「随分、詳しいのね」

「父によく連れていっていただきました」

子供の頃、カレントの港はヘルミーナの遊び場だった。多くの船乗りと仲良くなり、父が携《たずさ》わった貿易船や漁船などにも乗せてもらったことがある。

海から吹いてくる潮風に当たりながら、貴族の娘ということも忘れて他愛ないことで盛り上がった。その瞬間がとても好きだった。

社交界デビューしてからはすっかり遠のいてしまったけれど。ヘルミーナは懐かしむように口元を緩めた。

だが、王妃は「そう……」と視線を落とした。

余計なことまで喋りすぎてしまったかもしれない。ヘルミーナは「話しすぎてしまい、申し訳ありません」と頭を下げた。けれど、王妃は首を振った。

「違うのよ。むしろ貴女にはまた感謝しなければいけないわね」

「感謝、ですか……？」

「ええ。地方視察で負傷した騎士を治癒してくれたと聞いているわ。改めてお礼を言うわね」

ありがとう、と口にする王妃に、ヘルミーナは両手を振った。

最初は神聖魔法の訓練のために出入りするようになった騎士団だが、今ではすっかり自分の仕事場になりつつある。そのせいか、改まってお礼を言われると不思議な気分だ。それも国の母である王妃から。

ヘルミーナはむず痒《がゆ》くなって赤く染まる顔を下げた。

「……けれど、カレントには今も一緒に戦ってくれた騎士が留まっているわ。私の力が及ばず怪我をさせてしまった者たちが」

「決して王妃様のせいでは……っ」

「いいえ、指揮を執っていた私には責任がある。残った者は二度と騎士に復帰できない子たちばかりよ。騎士にとってそれは死にも等しいこと。だから、どうしても貴女の力が必要なの……。ヘルミーナの負担になることは分かっているわ。でも、他の騎士たちと同じく彼らにも慈悲《じひ》を与えてほしいの」

騎士団に入り浸っているヘルミーナは、王妃の言葉の意味がよく分かった。

騎士であることを誇りに生きてきた者たちが、騎士にとって致命的な怪我を負ったことで剣が振るえなくなり、騎士団を去っていく。――彼らは、魔物から民を守ってくれたのに。仕方ないことだと言われても、納得できなかった。

だからこそ頼まれなくても、ヘルミーナはカレントに残る騎士も含め、負傷した騎士たちを治癒しようと決めていた。

けれど、ヘルミーナが答えるより先に、「可能な限りお礼はするわ。貴女が望むものはなんでも」と、王妃が言ってきた。切羽《せっぱ》詰まった様子で言う王妃に、今日ここへ招待された理由が分かった。自身の立場も忘れて1人の貴族令嬢に懇願《こんがん》する姿など、決して見られてはいけない。

「心配いりません、王妃様。私はこの力を王国のために使うと決めています。騎士の方々を治癒することで多くの民が救われるなら、私はいつでも力を振るいます」

それが光の神エルネスの意思であると思っている。

敢えて魔力の少ないヘルミーナに光の属性を与えた理由は分からないが、限られた魔力だからこそ使い方を誤ってはいけないのだ。

今度は強い眼差しで見つめると、王妃はふわりと笑った。

「ありがとう、ヘルミーナ。貴女は本当に素直で、いいお嬢様ね。――他人を疑うことをしない、良くも悪くも欲のない人間だわ」

王妃の口調が冷たくなった瞬間、風もないのに周囲の薔薇や草木が揺れた。背筋にぞわりと寒気が走ったのは、足元に流れてくる冷気のせいだろうか。

笑顔を浮かべつつ目だけは鋭い王妃を見て、ヘルミーナは冷や汗を滲ませた。

「王妃、様……？」

「貴女はその優しさから、騎士でなくても目の前で怪我をしている人がいれば放ってはおけない性格なのでしょうね。でも、貴女がその能力を使えば使うほど、自分の身を危険に晒しているのは分かっていて？」

ここに来てから、能力を使うたびに感謝されることはあっても、叱られたことはなかった。ヘルミーナはなんと返したらいいか分からず戸惑った。

一方、王妃は自ら作った和やかな雰囲気を一変させ、厳しい表情でヘルミーナを見つめてきた。

「貴女は王国の騎士団だけではなく、国王陛下や王太子までも味方につけてしまったわ。貴族の中でも伯爵令嬢に過ぎない貴女の後ろに、それだけの人がついてしまったの。それがどういうことか理解できるかしら？」

「……それは」

「貴女がもし唯一の光属性であることを公表し、教会や民の心まで奪ってしまえば王国さえ手に入れられるかもしれないわね」

「お待ちください！　私は決してそのようなことは……っ」

一瞬、魔法を教えてくれている宰相、モリスの言葉が浮かんできた。

この王国が欲しくはないか、と。ただの冗談だと思っていたのに、ヘルミーナが味方につけてしまった顔ぶれに、王妃は疑っているのだ。

もちろん、そんな考えはない。王国を乗っ取るなんて恐ろしいことだ。王妃の言う通り、自分は地方の伯爵家に生まれた娘に過ぎないのだ。

ヘルミーナは唇を噛み、返答の言葉を模索した。しかし、困惑するヘルミーナへ追い打ちをかけるように、王妃はさらに続けた。

「あら、考えすぎということはないと思うわ。四大公爵の誰かと手を組んだら謀反《むほん》だって起こせるわね。だって貴女の神聖魔法があれば死ぬことのない無敵の軍隊ができるのだから。それにヘルミーナの光属性は、王族が無効化できない属性ですもの」

「――――っ」

「ヘルミーナ自身がそれを望まなくても、上の者に命じられれば逆らえないはずよ。今は存在を隠されているから、貴女を利用しようとする者がいないだけ。でも、この力はそう隠し通せるものではないわ。そうなった時、貴女の今の立場だけではどうすることもできないでしょうね。当然、貴女が大切にしている家族にも危害が及ぶわ」

王妃の話は決して絵《え》空事《そらごと》ではなかった。ヘルミーナが考えてこなかっただけで。否、考えようとしなかった。この光属性は人を助けるだけだと思っていたから。

いずれ光属性の能力は世間に知れ渡るだろう。多くの人々を救うためには存在を示さなければいけない。その時、今と変わらず平和な場所に立っていられるだろうか。こんな自分でも愛してくれている家族を、守りきれるだろうか。

やっと婚約者の呪縛《じゅばく》から離れて自分の道を歩こうと決めたのに、また誰かに従って生きなければいけなくなったら……。

ヘルミーナは震え出す体を抱きしめた。

開花した能力がどれほど貴重で、偉大で、恐ろしいものなのかを知った気がする。

「いつまでもルドルフが守ってくれるとは限らないわ。……だから、貴女にもある程度の権力は必要だと思うの。四大公爵が好き勝手にできない、私たちの手が届く場所に身を置いたら安心するのではなくて？」

「――――」

「貴女を迎え入れる準備はいつでもできているわ」

すると、王妃は柔らかく笑い、白い手を差し出してきた。

考える間も与えられず精神的に追い詰められたヘルミーナは、もはや王妃しか見えていなかった。この人についていけば大丈夫という錯覚《さっかく》に陥っていた。王妃の本心も、望みも、何も知らないというのに。

ヘルミーナは持ち上げた右手を、ゆっくり王妃に伸ばした。

しかし、指先が王妃の手に触れる直前、後方が騒がしくなった。「困ります、すぐにお戻りください！」と女性の声がしたと思った瞬間、その声が掻き消されるほどの突風が吹いた。

ヘルミーナは反射的に振り返り、足音もなく近づいてくる人物を見て目を開いた。

王国騎士団の紋章が入ったマントを揺らし、真紅《しんく》の団服に身を包んだ騎士が歩いてくる。薄緑色の髪に、青がかった緑の目をした騎士だった。

「貴方を呼んだ覚えはないのだけれど――マティアス」

「無礼をお許しください、王妃様。ヘルミーナ様がこちらにいらっしゃると伺い、お迎えに上がりました」

国王ですら王妃の許可がなければ立ち入れない庭園に、第一騎士団団長のマティアスが姿を見せた。

王族からすれば一介の騎士に過ぎない彼が、王妃のプライベートな空間に許可なく足を踏み入れていいはずがない。この場で首を刎《は》ねられてもおかしくない状況に、ヘルミーナは血の気が引いた。彼が自分のために来てくれたからこそ、焦りと不安で胃がひっくり返りそうだ。

「ルドルフの指示ね。陛下に頼むでもなく、自分で来るわけでもなく、よりによって貴方を送り込んでくるなんて」

「恐れ知らずの戦姫をしっかり見張っておくようにと、私の父からも言われておりますので」

そんなヘルミーナを他所に、王妃は落ち着いた口調でマティアスに話しかけた。言葉に、薔薇よりも鋭い棘を感じたが、それでもマティアスは淡々とした様子で言い返した。

彼らは同じセンブルク一族だ。センブルク公爵家と風の民であるラゴル侯爵家は密接な関係にある。いずれラゴル領主となるマティアスと、センブルク公爵家の長女であった王妃だけに、2人は長い付き合いなのかもしれない。

「……私ではなく平民の娘を迎えておいて心配だけはしてくるなんて、今更だと思わない？」

「私には分かりかねますが、西の城壁は常に人手不足ですから」

「嫌な言い方ね。ラゴルの者たちはどうしてそう……もういいわ。ヘルミーナを今すぐ帰さなかったら、受け継いできた薔薇の花園が私の代で終わってしまうわね。マティアス、ヘルミーナを彼女の宮殿まで送ってあげなさい」

2人が口を開くたびに周囲の草木が激しく揺れる。しかし、意外にも先に折れたのは王妃だった。

ひらりと手を振ってきた王妃に、マティアスは「寛大なお心に感謝致します」と丁寧に頭を下げた。王妃は呆れた顔をしていたが、言ったことを覆《くつがえ》すことはなかった。

ガクガクと震えるヘルミーナの前にマティアスの手が差し出された。ヘルミーナは彼の手を取り、なんとか立ち上がることができた。

「フレイア王妃様、本日はご招待くださりありがとうございました」

「ええ、また会いましょうね」

片方のスカートを広げて軽く膝を折り、挨拶を済ませたヘルミーナは、マティアスと共に薔薇の花園をあとにした。

幻想的な庭園から宮殿に入った瞬間、足の力が抜けた。ふらりと傾くヘルミーナに、マティアスが体を支えてくれた。

「ヘルミーナ様、大丈夫ですか？」

「……はい、迎えに来てくださってありがとうございます」

現実に戻ってこられて安心してしまったようだ。それでも王妃に言われた言葉は、ヘルミーナの胸にしっかり刻まれている。

顔色を悪くするヘルミーナに、マティアスは眉根を寄せた。

「私がもう少し早く迎えに行って差し上げれば。何か酷いことを言われませんでしたか？」

「いいえ、王妃様は……私のことを気遣ってくださいました。厳しい言葉もありましたが、とても役に立つお話をしてくださって……」

もし、本当にヘルミーナを使って謀反が起きた時、騎士団はどうするだろう。今は仲良くしてくれているが、彼らはきっと王族と王城を守るはずだ。

でも彼らには傷を癒す術がない。傷ついて次々に倒れていく彼らを眺めながら、自分は味方の軍隊を治癒することができるだろうか。

「ヘルミーナ様？」

「いいえ、なんでもありません。……来てくださって、本当にありがとうございます」

そんなことは絶対にあってはならない。

ヘルミーナはマティアスの団服を強く握りしめた。

彼らを裏切るような真似は決してしない。「お荷物令嬢」と呼ばれるようになってから、初めて自分の居場所だと思える場所を見つけたのだから。

◆◇◆◇◆

王都内にある孤児院の慰問《いもん》から戻ってきたルドルフは、そのまま執務室に向かった。

絶えず笑顔で振る舞っていたせいか、表情筋が固まってしまっている。ルドルフはソファーに腰掛け、口角を下げるように口元を撫でた。

孤児院では孤児が増えていた。町や村が魔物に襲われて、両親を失った子供たちが年々増加している。地方の孤児院も定員を超え始めていた。

そこで孤児院に足を運び、増築などの提案も含めて相談してきたが、王都で増築できそうな孤児院はなく、費用や人員の確保などの問題も山積みだった。

ルドルフは白金色の前髪を掻き上げて、ふーっと息をついた。

魔物の被害が日に日に深刻化してきた。多くの者たちが魔物の脅威に晒されている。

――奇跡の魔法があれば、多くの者たちを救うことができるだろう。孤児になる子供をこれ以上増やさないで済むかもしれない。今は隠されているが、彼女の力があれば直面している問題を解消できる。

それだけに、民を救わなければいけない己が、その恩恵を受けてしまったことに罪悪感を覚えていた。過去の屈辱が払拭《ふっしょく》され、新しい希望を与えられた。国王もまたその奇跡に救われている。

光属性という奇跡を宿したヘルミーナによって。

だからこそ、彼女の扱いには悩みが尽きない。ヘルミーナがもっと狡猾《こうかつ》で、損得を考えながら動く人物だったら簡単だった。取引を持ちかければ済む話だ。

けれど、彼女は実直で真面目すぎる。婚約者にもいいように使われてしまったのは、そのせいだろう。ヘルミーナは他人を気遣い、自己犠牲を厭《いと》わない女性だった。

怪我人のために神聖魔法を使ってほしいと言えば、命令でなくてもヘルミーナは治癒を施すだろう。目に見えて分かる結果に、ルドルフは苦笑を浮かべた。

その時、侍従のフィンが銀のトレイにお茶を載せて運んできた。普段はメイドの仕事だが、何かのついでに持ってきてくれることもある。ただ、近頃は仕事に忙殺されてそれもなくなっていた。

「フィンがお茶を運んでくるなんて久しぶり……」

顔を上げてフィンに視線をやったルドルフは――しかし、カップから漂ってくるお茶の香りに表情を険しくした。

テーブルに置かれたそれは、ルドルフが好んで飲むお茶ではなかった。カップに注がれた赤いローズティーを見て、ルドルフは嫌な予感がした。

「母上の身に、何かあったのかい？」

「……とあるご令嬢を、薔薇の庭園へ招かれました」

ルドルフが訊ねると、フィンは顔を強張らせた。

いくら家族であっても、王族となればお互い多忙な身。個々のスケジュールを把握しているわけではない。だが、王妃が薔薇の花園に人を招待した時は、必ず国王やルドルフに伝わることになっていた。

宮殿の警備体制は厳重だが、エルローズ宮殿の庭園だけは、王妃の許可がない限り誰も立ち入ることができないからだ。

つまり報告を受けなければ、王妃が誰を招き、誰と顔を合わせているかを知らないままだ。

ルドルフは椅子から立ち上がり、顔色を悪くするフィンに近づいた。

「……まさか、母上はヘルミーナ嬢を？」

「招待、は……本日……っ」

フィンは言葉を詰まらせながら答えた。直後、胸元を押さえて突然苦しみ出した。銀のトレイが床に落ちて乾いた音を立てる。

ルドルフは倒れ込むフィンを受け止めたが、彼は激しく咳き込んで血を吐いた。その症状には嫌でも覚えがあった。

「母上はお前に『契示の書』まで使ったのか!?」

「申し訳、ありません……殿下……っ」

「もういい、喋るな！」

黙るように指示しても痛みを堪えて口を開こうとするフィンに、ルドルフは「――誰かいないかっ！」と声を張り上げた。

魔法契約によって秘密が漏れることを防ぐ『契示の書』を結ぶと、契約上の秘密を他人に漏らそうとすると、体内の臓器という臓器が締めつけられる苦痛を味わう。最悪の場合は死に至るため、取り扱いには細心の注意が必要だ。

王室には漏れてはいけない秘密が多いため、ルドルフにも『契示の書』は身近なものだった。魔法契約によって命を失った者たちも見てきた。契約自体は簡単だが、交わした約束は必ず守らなければいけない。

ルドルフの声を聞きつけて、廊下にいた兵士が駆け込んできた。偶然近くにいたメイドが、開かれた扉からルドルフたちを見て短い悲鳴を上げた。

「すぐに王宮医を！」

兵士はルドルフと共にフィンをソファーへ運び、メイドは真っ青になりながら王宮医の元へ駆けていった。

騒々しさが静まって、窓辺に夕日が差し込み始めた頃。

王宮内の医務室に、専属侍女と護衛を連れた王妃が訪れた。甥が倒れたという報告があったからだ。個室へ案内されると、王妃は侍女たちに外で待っているように指示した。

中へ入るとフィンが息苦しそうにして眠っていた。王妃はベッドに近づき、表情を変えることなく彼を見下ろした。

「……母上、フィンに『契示の書』まで使う必要があったのでしょうか？」

ベッドを挟んだ反対側の椅子に、息子のルドルフが神妙な面持ちで座っていた。

王妃が来ることはあらかじめ知っていたようだ。

「王太子ともあろう者がこのようなことで狼狽《うろた》えてはいけないわ。それに、この子の忠誠がどちらにあるか分かっただけでも、よかったのではなくて？」

「母上！　フィンは貴女の甥であり、私の侍従です！」

俯いていた顔を持ち上げて、ルドルフは王妃を見つめた。

誰よりも魔力があり、最も傍で国王を守る剣のような王妃は、息子の目から見て羨ましく、憧れでもあった。

けれど、今回の王妃の行動には目に余るものがある。

「ええ、分かっているわ。だからこうして彼女が献上してくれた魔法水を持ってきたのよ」

「……っ、母上！」

「声を荒げないでちょうだい。フィンが起きてしまうでしょう？」

「ヘルミーナ嬢を薔薇の花園に招いたそうですね。母上は彼女をどうするおつもりですか？」

「どうも考えていないわ。ただお礼をしたかっただけよ」

青い小瓶を差し出してきた王妃に、ルドルフは顔を顰めた。なかなか受け取ろうとしない息子に嘆息した王妃は、小瓶をフィンの枕元に置いた。

確かに、ヘルミーナの作った魔法水があれば、フィンの症状は瞬く間に癒えるだろう。だからといって、何もなかったことにはできない。

ルドルフは膝の上で両手を組み、王妃に鋭い視線を向けた。

「……私の伴侶を、ヘルミーナ嬢に取り替えようと考えたのではありませんか？　母上はセンブルク公爵家に生まれながら、四大公爵を快く思っていませんでした。当然、私とレイブロン公爵家の娘であるアネッサとの婚約にも否定的だったはずです。それとも、ヘルミーナ嬢を利用して、ラゴル侯爵家を真の王族に押し上げるおつもりですか？」

どこの国にも欲にまみれた業《ごう》の深い人間はいる。権力者たちが集まる王城内では、常に互いが牽制し合っていた。

皮肉なことに、魔物という共通の敵によって均衡が保たれているが、それもいつまで保《も》つか分からない。両親の仲を疑ったことはないが、人の心ほど読めないものはなかった。

「――馬鹿ね。王妃である私がそんな愚かなことを考えるとでも？　王都の外では魔物が活発化し、多くの者たちが犠牲になっているわ。このように守られている場所で争っている場合ではないのよ、ルドルフ」

中でも、母親でもある王妃は掴みどころがなかった。

ラゴル侯爵の婚約者候補だった彼女は、西の城壁を離れた今は国王の妻で、王太子の母だ。しかし、王妃は夫や子供にも本心を曝《さら》け出そうとはしなかった。

ルドルフは息をつき、椅子から立ち上がった。

「どうか、これ以上勝手なことはなさらないでください。次は西の城壁からラゴル侯爵をお呼びすることになります。それだけは私も避けたいですから」

「私の息子も随分な性格になったわね」

「ええ、貴女の息子ですから……」

王妃はルドルフの言葉に口元を緩めると、すぐに踵《きびす》を返して部屋から出ていった。王妃がいた場所から、微かに花の香りが漂ってくる。

出ていく王妃を見送ったルドルフはベッドに戻った。王妃の置いていった青い小瓶を手に取る。

「起きているなら声ぐらいかけたらどうかな？」

「……親子の会話を邪魔してはいけないと思いまして」

「元気そうでよかったよ。母上が持ってきた魔法水を飲むかい？」

目を開いたフィンは、視線だけを動かしてルドルフを見た。声を出すと、内臓の至るところが締めつけられるように痛んだ。

ルドルフはフィンの傍に近づき、彼の上体を支えて小瓶に入っていた魔法水を飲ませた。キラキラと光る液体は紛れもなくヘルミーナの作った奇跡の水だ。

フィンは魔法水を飲み、不思議な力が体内に行き渡るのを感じた。それから数分もしないうちに、フィンの体は見事に完治していた。

「これが神聖魔法で作った癒やしの水ですか」

「どこか痛いところはあるかい？」

「いいえ、全く……。それどころか以前より調子がよくなった気がします」

息をするのも辛かったフィンは自力で上体を起こし、両手を握っては開いてを繰り返して、体に異常がないか確認した。

「ヘルミーナ様はいかがされましたか？」

「それはマティアス卿にお願いしたよ。母上もラゴルの者には手を出せないからね」

王妃を相手に、適任者は他にいなかった。ラゴル侯爵家の者を近づけたくはなかったが、今回ばかりは仕方ない。

マティアスの名を出すとフィンは目を輝かせた。どうもセンブルク一族は、風の民を崇拝《すうはい》している節《ふし》がある。ただ、ラゴル侯爵家は未だかつて政界に足を踏み入れたことがなく、忠実な臣下として西の城壁を魔物から守り続けていた。

これからもそうであってほしいが、ラゴル侯爵家に限らず、常に目を光らせておくのが王族の役目だ。

「王妃様は本当に先程のことをお考えに？」

「うーん……どうかな。違うとは言いきれないけど、どちらにも反応しなかったからね。意外と母上も、私と同じものを守ろうとしているのかもしれないね」

「とにかく心臓に悪いので、二度と王妃様に対してあのような会話はお控えください」

「フィンはどちらの味方かな？」

ベッドから下りようとするフィンに、ルドルフは手を差し出した。

対等ではないが、彼ほど頼れる臣下はいない。王妃の言葉は気に入らないが、今回の事件ではフィンへの信頼度が増した。

「それはもちろん、ルドルフ殿下の侍従である以上、私の主人は貴方だけです。過労死することになっても恨《うら》みはしません――」

フィンは口の端を持ち上げ、ルドルフの手を掴んで強く握りしめた。

後日、王太子の侍従が過労で倒れて血を吐いたという噂が城内を巡り、ルドルフは小さな批判を受けることになった。噂の出所は不明だった。

◆◇◆◇◆

『いつまでもルドルフが守ってくれるとは限らないわ。……だから、貴女にもある程度の権力は必要だと思うの』

薔薇の花園に招待されてから数日、ヘルミーナは上の空だった。

ぼんやりと考え事をしてはお茶を零し、花壇に神聖魔法を使っては蔦が育ちすぎ、庭師が斧《おの》を持ってくる羽目《はめ》になった。他にも壁に衝突しそうになって、護衛の騎士たちを慌てさせた。ついには強制的に休まされ、一日中テラスの椅子に座って空を見上げていたが、自分なりの答えは出てこなかった。

光属性で多くの者たちを救うには、今の立場ではいけないのだろうか。本当にあのような恐ろしいことが起きてしまうのだろうか。

魔物に一度も遭遇したことのない穏やかな環境で育ってきたヘルミーナには分からなかった。

——ここに来てから、初めて知ることばかりだわ。

貴族令嬢が気にするのは身嗜《みだしな》みや結婚のこと。そこに魔物という危険はなかった。子供の頃はお転婆《てんば》な性格で周囲を困らせたこともあったけれど。

貴族ならお金で兵士を育成することも、冒険者ギルドに討伐や護衛を依頼することもできる。それが育ってきた環境だった。

けれど王宮に来てから、自分がどれだけ狭い場所で過ごしてきたのかを思い知らされた。

「カレント、か。みんな元気かな……」

活気溢れる港から見える青い海や、仲のよかった船乗りたちを思い出して、ヘルミーナは顔をくしゃりと歪めた。

婚約者ができる前から、そこはヘルミーナにとって楽しい思い出が詰まった場所だった。

社交界デビューして「お荷物令嬢」と呼ばれるようになってから、なんとなく行くのを避けてきたが、今になって無性《むしょう》に恋しくなってしまった。

カレントに行けば、この抱えている気持ちもすっきりするかもしれない。それに、王妃からも負傷した騎士について頼まれている。

そう思ってカレント行きを考えていた時、ルドルフとフィンが訪ねてきた。

「——母上の非礼を謝りたい。あまりよくないことを言われたはずだ」

すまなかった、と謝罪してきたルドルフは、珍しく疲れきっていた。いつもの余裕はどこへ行ってしまったのか。今なら自分でも勝てそうな気がする。ただし、それはヘルミーナの状態もよければの話だ。

お互いに、愛想笑いもできないほど精神的に疲弊《ひへい》していた。

「申し訳ありませんでした、ヘルミーナ様。王妃様に口止めされていたため、貴女を1人で行かせることになってしまい……」

「フィンは魔法契約まで結ばされていたんだ。それなのに私に知らせてくれたおかげで、マティアス卿を迎えに行かせることができた」

「まさか『契示の書』を……!?」

人払いを済ませたサロンで、ヘルミーナはルドルフたちと丸いテーブルを囲んでいた。

声を落として話す必要はないのに、魔法契約を結ばされていたと知って、ヘルミーナはフィンに小声で訊ねた。フィンは笑って誤魔化そうとしたが、元気のない表情だった。

「ヘルミーナ様が献上してくださった魔法水のおかげで助かりました」

「そんな……っ、契約を破ってまでフィンさんが傷つく必要は……っ！」

「フィンは私の侍従として当然のことをしたんだよ。王宮にいる間、君の後見人は私だ。だから、自分などのためにという考えはやめてほしい」

「――……はい、申し訳ありません」

それでも自分のせいで誰かが傷つくことは、気分のいいものではなかった。魔法水のおかげで無事だったとはいえ、フィンは契約に逆らって罰を受けたのだ。こんなことなら招待に応じなければよかった。しかし、王妃の招待を断ることなどできただろうか。

背中を丸めてどんどん小さくなっていくヘルミーナに、ルドルフは咳払いをした。

「ひとまず、王妃から何を言われたか教えてもらっていいかな？」

王妃がヘルミーナを招待したことは、ルドルフにとっても予想外の出来事だったようだ。

訊ねられてどこまで答えたらいいか悩んだが、口止めされなかったことを思い出す。王妃は最初からルドルフに伝わるのを見越していたのかもしれない。

ヘルミーナは俯いたまま、王妃に言われた言葉をそのままルドルフたちに伝えた。

「――なかなか手厳しいことを」

ルドルフは額を押さえ、フィンは厳しい表情を浮かべた。

そんなことはあり得ない、と笑い飛ばしてくれたら安心もできたのに。

しかし、彼らは否定しなかった。王妃の話がただの空想ではなく、現実に起こる可能性があることを察した。

空気が重くなると、ヘルミーナはドレスを握りしめて、ぽつり、ぽつりと話した。

「私は……光属性が使えるようになったからといって、爵位が欲しいだとか、報酬が欲しいだとか考えたことはありません。ただ、王国の役に立てればと思っていました。……けれど、最初に王宮へ来て騎士団の事故があった時、レイブロン公爵から無償《むしょう》で治癒を提供すれば、それだけの能力になってしまうと言われました」

光属性の魔法が使えると分かった時、救われたのはヘルミーナ自身だった。

全てから目を背けて進む道も見失いかけていたところに、光の神エルネスの「祝福」を受けた。そのおかげで様々な人たちと出会い、ヘルミーナは「お荷物令嬢」だった過去から抜け出しつつあった。

最初は周囲に認められたいという欲もあったが、治癒を施すうちに心境が変化していった。この覚醒した能力で、もっと多くの民を救いたいと思った。王国を守った聖女のように。

「そうだね。身分に関係なく、何かを行うには必ず対価が必要になってくる。騎士団だって給金があり、魔物討伐の遠征に行けば特別手当が支払われるようになっている。教会の活動資金も大半は貴族からの寄付金で賄《まかな》っているしね」

「はい……。ですが、この神聖魔法が薬も買えない民まで行き渡るためには、対価を求めてはいけないと思っていました」

「確かに対価を設ければ、当然金銭的に余裕のある貴族が君の能力を独占してしまうだろう。

それに君はまだウォルバート一族の人間だ。その能力が明るみに出れば、ウォルバート公爵家は君を手放さないはずだし、そうなると王室や他の一族との間で摩擦《まさつ》が生じてしまう」

「……争いや、反逆が起きてしまうということでしょうか？」

「王妃の話が全て正しいわけではないが、君の所有を巡って混乱が起こるのは確かだね」

貴族令嬢たった1人の存在で、国が荒れてしまうことを考えてゾッとした。その中心に自分がいると思うとさらに恐ろしくなる。

聖女はどこにも属さない教会の人間だったからこそ、争いが起きずに済んだのだ。だが、教会に行くには、多くのものを捨てなければならない。俗世を離れて光の神エルネスに仕える者として。

果たしてそれが正しい道なのか分からない。昔の自分なら、後先考えず動いていたかもしれないが、随分と落ち着いたものだ。誤った選択をしてしまうほど愚かになったわけではない。

「私は、私の覚醒した能力で争い事が起こるのを望みません」

なぜ自分だったんだろう、という悩みは尽きない。けれど、人々を争わせるために光属性の魔法を与えられたのではないことだけは分かる。

ヘルミーナが自らの意思を伝えると、「それは私もだよ」とルドルフは同意してくれた。

「王宮に呼んだ時から、君の待遇について考えていたんだ。四大公爵や教会が簡単に手を出せない地位を用意してはどうかと、国王にも進言しているところだ。ただ、光属性の魔力が覚醒したのは突然だったし、婚約者のことも片付いてないからね。だから、君がまず自分の変化に慣れてからと思って、話すのを控えていた」

ルドルフは、思っていた以上に気遣ってくれていたんだと改めて理解した。意地悪《いじわる》で腹黒いだけではなかった。

ヘルミーナがお礼を口にすると、「思っていることが全部顔に出ているよ？」と、満面の笑みで指摘された。

「君がその魔法で民を救いたいと望むなら、いずれ国民に君の存在を知らせる必要がある。だが、今はまだその時ではない。そこで私からの提案だけど、いっそ様々な場所で、君の作った魔法水や魔法石の治癒を施してみるのはどうかなと考えたんだ」

光属性を宿した者が、治癒を施しながら国中を回っているという噂を流すのが、ルドルフの提案だった。

魔法水や魔法石を使うなら、ヘルミーナが直接赴かなくても怪我や病気を癒せる。つまり効果を知っている者なら誰でも治癒ができ、人物の特定を防げるというわけだ。

その方法なら、身分に関係なく民を癒やせるし、正体がバレるまでの時間を稼げる。正体が暴かれるまでに婚約や立場の問題を解決する必要はあるが、猶予《ゆうよ》が生まれることにヘルミーナは胸を撫で下ろした。

「光属性が使える人物の噂を広める方法は、私も賛成です」

先程までと違い、ヘルミーナは明るい表情でルドルフの提案に応じた。それから思い出したように、続けて口を開いた。

「実は王妃様から、カレントに留まっている騎士の方々の治癒を頼まれました。それで、私も一緒に同行させてもらえないかとお願いするつもりでした。他にも魔物の被害に遭《あ》った町や村などで、治癒をさせていただけないかと思うのですが」

「悪くないと思います。ヘルミーナ様が直接治癒を行えば、噂の信憑性も増すでしょう」

緊張しながらお願いしてみると、ヘルミーナの同行はあっさり認められた。当然、素性を隠して名乗ることはできないが、神聖魔法を必要とする人のことを考えると胸が熱くなった。

ただ、ひとつ気がかりなのは、ヘルミーナと行動を共にする騎士団のことだ。ルドルフは自ら説明すると言ってくれたが、ヘルミーナも会議に同席させてもらうことになった。

「レイブロン公爵には申し訳なくなってくるね。気の長い人ではないのに、よく耐えてくれているよ。彼のあとを引き継ぐカイザーも見倣《みなら》ってほしいぐらいだ」

「それは難しいと思いますよ」

目の前で何気なく話す2人に対し、ここは下手に口を出してはいけない気がして、ヘルミーナは聞かなかったふりをした。

——今日ほど面倒な会議はない。

王国騎士団総長のレイブロン公爵は、会議が始まる前からそんな愚痴《ぐち》を漏らしていた。

火属性の一族を束ねる長だけに、参加した会議は数知れない。だが、今日の会議に向かうレイブロン公爵の足取りは重かった。

騎士団内で特別会議を開き、各団長と副団長を招集して指令を伝える簡単な内容だ。他の一族の長がいるわけでもなければ、レイブロン公爵家の地位を虎視眈々《こしたんたん》と狙う厄介者が参加するわけでもない。

しかし、王太子のルドルフと、光属性を宿した彼女が同席することで会議は荒れるだろう。

それも収拾がつかないほど、面倒臭い方向に。

「——皆も知っていると思うが、ウォルバート領地にある水の都カレントで、怪我を負った我々の仲間が治療を受けている。全員意識はあり、回復傾向だという。そこで騎士団を派遣《はけん》し、彼らを連れ帰ることが決まった」

長机《ながづくえ》に着いた騎士たちの視線が1カ所に集まっていた。

話しているレイブロン公爵——ではなく、その隣に小さくなって座っている水色の髪をした女性だ。ヘルミーナである。彼女は、場違いな会議に参加してしまったことを悔いているように見えた。なるべく目立たないように背中を丸めているが、横で堂々と座っているルドルフよりかなり目立っていた。

「だが、騎士団は負傷者だけ連れ帰るわけにもいかない。ウォルバート領とラスカーナ領の谷の境で、魔物の目撃情報があった。カレントからもそう遠くない。そこで我が騎士団は、負傷者を回収し、谷へ赴いて魔物の討伐も行うことになった」

負傷者の回収も、魔物の討伐も、騎士団には当たり前の仕事だ。

それならなぜ、騎士ではない2人がこの場にいるのか。騎士たちの視線がどうしてもヘルミーナたちに集中してしまうのは仕方のないことだった。騎士たちの会議に部外者が入ったことは、今まで一度もないのだ。

レイブロン公爵は咳払いをひとつすると、ヘルミーナに視線を向けて口を開いた。

「そして今回、派遣する騎士団に、ヘルミーナ嬢も同行することになった」

レイブロン公爵が発表すると、室内はざわついた。声は出さずとも、目を見開いて驚いている者もいる。予想通りの反応だった。ただ1人を除いて。

「え、ミーナちゃんも騎士団に同行すんの？　じゃあ俺も護衛として一緒についていくよ！このランス様がいれば何も心配いらないからね」

団長と副団長が招集された会議に、なぜかヘルミーナの護衛としてちゃっかり参加していたランスが、周囲の空気を読まずに口走っていた。これが余計だった。

顔を寄せて話しかけてきたランスに、「ランスも来てくれたら心強いです」とヘルミーナが小声で返すと、皆の耳にしっかり届いていた。

「父……ではなく、アルバン総長！　私も護衛騎士としてミーナ嬢に同行します！」

「いいえ、護衛騎士は不要です！　負傷したのは第二騎士団です。当然、第二騎士団が負傷者を迎えに行くべきです！」

「第二騎士団では力不足だ。ここは我々第一騎士団こそ派遣されるべきだ」

カイザーが椅子から立ち上がって吠《ほ》えれば、騎士たちが次々に立ち上がって、自分こそが行くべきだと主張し始めた。

それは暫く続き、困惑したヘルミーナは、ルドルフとレイブロン公爵の顔色を窺った。ルドルフは笑いを堪えていたが、レイブロン公爵はこうなることを予想していたのか、深い溜め息をついていた。

「……とりあえず全員座れ。派遣する騎士はこれから決める」

「ですが、魔物の討伐にも連れていくというなら、ミーナ嬢の安全を考慮して第一騎士団こそ向かわせるべきです！」

「ウォルバート領に行くのですから、地形に詳しく水属性の多い第二騎士団こそ適任です！」

「第三騎士団だってミーナさんに傷ひとつ負わせるようなことはしません！」

「第四騎士団もです！」

ヘルミーナと一緒に行きたいから、とストレートに申し出る者はいなかったが、彼らの気持ちは嫌でも伝わってくる。レイブロン公爵は額を押さえた。

普段は命じられたまま、淡々と仕事をこなす騎士たちが、まるで子供のように言い争って任務の奪い合いをしているのだ。

「分かった……分かったから、落ち着け」

面倒臭いことこの上ない。

決闘すら始まりそうな雰囲気の中、ランスだけは「いっそ全員派遣しちゃったらいいのにね～」と言い、レイブロン公爵に鋭く睨まれた。


――それが2日前の出来事だ。

水の都カレントに出発する当日。ヘルミーナは、馬車に最小限の積荷が載せられるのを眺めていた。

最終的に、カレントには第二騎士団が派遣されることになった。

ヘルミーナの護衛にはランス、リック、そして専属侍女のメアリが同行することになった。

人一倍護衛騎士の名乗りを上げていたカイザーは、ルドルフから直に「他の役目があるから駄目だよ」と言われ、声もかけられないほど落ち込んでいた。

彼ほど仲間思いで正義感の強い人はいない。どんな任務であれ、騎士団の派遣に加わりたかったはずだ。

一方、マティアスの様子は普段と変わりなかった。彼は彼で、複数の騎士団を率いて大きな魔物の討伐へ向かうことが決まっていた。

国民の関心をそちらへ引き寄せるためだ。

風の民であるラゴル侯爵家の次期当主であり、第一騎士団の団長であるマティアスは、本人に興味がなくても、世間の注目を集めてしまう。カレントに残る負傷者の回収から目を逸らすのに、打ってつけの人物というわけだ。そう説明されて妙に納得してしまった。

「ヘルミーナ様、少し宜しいでしょうか？」

「どうかされましたか？」

まだ多くの者たちが床に就いている早朝。

宿舎横でひっそりと支度しているところへ、マティアスが姿を見せた。ヘルミーナたちは騎士団たちより一足先に出発し、レイブロン領にある転移装置を使って、カレントに飛ぶことになっている。安全を考慮した上での移動手段だ。

見送りは昨日のうちに済ませて、今日は静かに出ていくはずだったが、予定が変わったのだろうか。ヘルミーナは足音もなく近づいてくるマティアスに目を瞬かせた。

「こちらをお持ちください」

「これは……マティアス様の守り石ではありませんか」

傍までやってきたマティアスは、白い石のついたペンダントを差し出してきた。

ラゴル侯爵家に代々受け継がれてきた守り石で、聖女の神聖魔法が宿った魔法石だ。

「魔物のいる場所では何が起こるか分かりません。決して護衛から離れず、行動には十分お気をつけください。こちらは無事に戻ってきた時にまたお返しくだされば」

「ですが、マティアス様も遠征に出られると聞きました」

「私にはヘルミーナ様がお作りになられた魔法水がありますので、問題ありません」

聖女の魔力は残っていないと言っていたが、それでも受け継いできた大事なペンダントだ。

ヘルミーナはそれを差し出したマティアスに困惑したが、断り切れず両手で受け取った。

「……分かりました。戻ってくるまでお借りします」

風の民の家宝とも呼べる守り石を渡され、ヘルミーナは重圧を感じた。ただ、それも一瞬のことだ。掌に広がる魔法石の温もりに、自然と口角が持ち上がった。無意識のうちに、緊張や不安から顔が強張っていたようだ。

まさか、それに気づいて渡してくれたのだろうか。気になってマティアスを盗み見ると、彼は嬉しそうに顔を綻ばせていた。思いも寄らない柔らかな表情に思わず見惚れてしまう。

しかし、マティアスの笑顔が自分に向けられているものだと意識した途端、ヘルミーナは急に恥ずかしくなった。それから慌てて「お気遣いありがとうございます、失礼します！」と頭を下げ、皆のいる馬車に戻ったが、熱くなる顔を抑えきれなかった。

初めて名前を呼んだ時も、マティアスは想像もしていなかった反応を見せた。他の女性なら勘違いしてしまっただろう。

ヘルミーナは気分を落ち着かせるように息を吸って吐いた。

ちょうどそこに、馬車の準備が整ったとメアリが呼びに来た。

馬車に乗り込む時、同行する人たちの顔を1人ずつ確認した。一緒に行ってくれるのは心強い人たちだ。行く前から弱気になる必要なんてなかった。

ヘルミーナは馬車の窓から「行ってきます」と呟き、再び無事に戻ってくることを誓った。

そして、彼女たちを乗せた馬車は数人に見送られて出発した。

第二の首都、水の都カレントへ——。

◆◇◆◇◆

王都の南に位置するウォルバート一族の領土は、その半分が海に面しており、漁業が盛んな地域だ。

早朝に水揚げされた魚介類が市場に並び、港町はいつも活気に包まれていた。

水の都カレントもまた、町から港に向かって大きな市場が広がり、異国から渡ってきた珍しい品物も並べられるため、多くの観光客で賑わっていた。

出発から半日、レイブロン領から転移装置を使って馬車ごと移動したヘルミーナたちは、その日のうちにカレントに到着していた。

「ヘルミーナ様、騎士団が到着されるまで2日ほどありますから、ゆっくり市場などを見て回りましょうか」

「そうできたら嬉しいです！」

ヘルミーナたちは、裕福な平民の装いをしていた。

王国一の港町であるカレントは、第二の首都と呼ばれるほどの賑わいがあり、身分を隠して観光を楽しむ貴族たちは多い。物価は周囲の村や町と比べると高いが、治安がよくて過ごしやすかった。

ヘルミーナたちは予定していた宿に着き、掃除の行き届いた部屋に案内された。2人1部屋のためメアリと一緒だ。ランスとリックは護衛がしやすいように隣の部屋だ。

メアリは部屋に異常がないか確認したあと、窓を開いて新鮮な空気を取り込んだ。

騎士団がカレントにやってくるまでの2日間。

本当なら今すぐ負傷した騎士の元に行って治癒を行いたいが、それでは計画が台なしになってしまう。彼らの治療はカレントから出て、目的の村に着いてからだ。

それでも早く送り出してくれたのは、ルドルフの気遣いだった。

カレントはヘルミーナにとって思い出の場所だ。彼はヘルミーナに、思いっきり癒やされてくるといいと言った。王妃のことがあったせいか、妙に優しかった。

ヘルミーナは窓から流れてきた懐かしい潮の香りを吸い込んで、胸がいっぱいになった。

その時、部屋のドアが叩かれてリックとランスがやってきた。

「ねぇ、ねぇ、ミーナちゃん。俺、初めてのカレントだから、案内してくれる？」

「ランス、私たちは遊びに来たわけじゃ……」

「そういう堅いことはいいから。騎士団が来るまで自由時間なんだし、それまでしっかり楽しまないと！」

カレントに到着するまで終始こんな感じだった。友人たちで旅行へ出かけるような雰囲気に、緊張や不安を抱く暇もなかった。笑い声の絶えない賑やかな旅路だった。

でも、彼らは本来の目的を忘れているわけではない。リックとランスは団服を着ていなくても護衛の騎士らしく周囲に気を張り、メアリも快適に過ごせるように世話を焼いてくれた。

それぞれが与えられた役目をしっかり果たしている。そんな彼らに、自分もできることをしてあげたいと思うのは至極当然だ。

「是非、皆さんにカレントの港町を案内させてください！」

カレントに一番詳しくて、案内できるのはヘルミーナだけだ。ブランクはあるが、生まれ故郷を案内するようで心が弾んだ。

この地で思いがけない再会が待っているとも知らず、ヘルミーナは彼らを連れてカレントの港町へと繰り出した。

◆◇◆◇◆

王城が月明かりに照らされた頃、広間では特別な夜会が催されていた。

招かれたのは侯爵以上の高位貴族だけ。その昔、国王が魔物と戦う忠実な臣下に、感謝を込めて開いたのが始まりだと言われている。だが近年は、招待する意図も目的も変わっていた。

王国の発展に伴い、高位貴族の影響力も強くなってきている。表面上は平和に見えても、裏では一族同士で牽制し合っているのが実情だ。そのため、王室もまた一族たちの動向を探るために、交流の場を設けていた。

国王が集まった臣下に向かって挨拶を済ませると、王妃の手を取って中央で踊り始める。そのあとに続くように、王太子のルドルフが婚約者のアネッサを伴ってダンスを披露《ひろう》した。

「――お兄様、向こうからいらっしゃいましたわよ」

ダンスを終えて間もなく、ルドルフとアネッサとカイザーの3人が揃っているところへ、1人の男が近づいてきた。

白くなり始めた薄水色の髪に、淡い青緑色の瞳をしたその男こそ、60歳を過ぎたウォルバート公爵だ。

実の兄が魔物によって命を奪われ、弟である彼が公爵家を継いだ。その前から、弟である彼の方がいくつもの事業を成功させていた。

そのせいで、公爵家では後継者争いが起こっていた。兄の死については様々な憶測《おくそく》が飛び交ったが、ウォルバート公爵が裁かれることはなかった。証拠が何も出てこなかったのだ。

その後、ウォルバート公爵は悪い噂を払拭するために、一族の領地開発に尽力した。小さな港町だったカレントを、第二の首都と呼ばれるまでにしたのも彼の功績だ。ただ裏では、目的のためなら手段を選ばない男として恐れられている。

「光の神エルネスのご加護がありますように。エルメイト国の若き光、ルドルフ王太子殿下にご挨拶申し上げます」

ウォルバート公爵は右手を左胸に当てて軽く頭を下げた。

相手の色を映してしまうほど薄い瞳に見られると、頭のてっぺんから足の爪先まで値踏みされている気分だ。いくつもの事業を手掛けているだけあって、彼の洞察力は馬鹿にできない。

「久しいな、ウォルバート公爵。王太子である私ですら挨拶ができないほど忙しくしているようだ。父上もなかなか会えないと申していたぞ？」

「ご冗談を、殿下。お呼びくだされば、いつでも馳《は》せ参じましょう」

「本気にするな、私も父上も各地を飛び回っている貴公《きこう》を心配しているだけだ。後継者もしっかり育ってきているようだし、ウォルバート一族は安泰だな」

軽い挨拶に進退を問うような言葉を交えながら話すルドルフに対し、ウォルバート公爵は僅かに眉根を寄せながらもにこやかに対応する。

周囲の温度が急激に冷え込んだところへ、ルドルフの隣からスッと出てきたアネッサが、素早くドレスを広げてウォルバート公爵に挨拶をした。

「ご機嫌よう、ウォルバート公爵様。お元気そうで何よりです」

アネッサの挨拶が済むと、カイザーもまた前に進み出て「お久しぶりです」とウォルバート公爵に姿を見せた。

「レイブロン公爵家の公子と公女が揃って挨拶してくださるとは、引退せず居座るものですな。成長した姿を見ると、我が一族より安泰なのはそちらのようだ。アルバンも鼻が高いだろう」

「父は心配事ばかりが増えていくと」

カイザーが肩を竦めて当たり障りのない言葉で返すと、ウォルバート公爵も「どこの親も同じだな」と苦笑を浮かべた。顔に刻まれた皺が浮き出ると人のよさそうな老人に見えるが、油断のならない相手だ。

アネッサはカイザーに目配せして公爵に近づくと、赤い紅《べに》のついた口を開いた。

「そういえば、公爵様。安泰といえば、ウォルバート一族にいらっしゃる英雄の方が……名前はなんと言ったかしら？」

「アルムス子爵家の嫡男《ちゃくなん》ではなかったかな。第二次覚醒者でもある彼は、社交界でも有名だからね。その彼がどうかしたのかい？」

「王太子殿下もご存知でしたのね。ええ、我が一族の侯爵家にいるご令嬢が、その方との婚姻を考えていると報告を受けましたの」

打ち合わせをしたわけではないのに、アネッサとルドルフの演技は素晴らしかった。アネッサはやや不安そうな表情を浮かべて、ウォルバート公爵の顔色を窺った。これも演技だ。その話がすでに破談になっていることは、あらかじめ分かっていた。

案《あん》の定《じょう》、ウォルバート公爵は「残念だが」と言った上で、小さく首を振った。

「やはり我が一族の英雄を他所に出すわけにはいきませんからな。どんな好条件を提示されても呑むことはまずなかったでしょう」

「確か彼には婚約者がいたはずだな。婚姻はその婚約者とするのかい？」

「そこまで知っておられるとは、エーリッヒの奴も喜ぶでしょう。あいつには近々爵位を与えて、一族内で釣り合う相手と婚姻させる予定です」

釣り合う相手——と、笑いながら話してくるウォルバート公爵に、３人は言いようのない怒りを覚えた。その相手が今、光属性を覚醒させて王宮で保護されているとは思わないだろう。

カイザーはぐっと拳を握りしめることで、怒りに耐えた。

「そうか。婚約期間は長かったと聞いていたが」

「婚約解消の同意は得られておりますが、なにせ10年という長い婚約だったもので、エーリッヒにも気持ちの整理が必要でしょう。——なあに、水の都に行けば気分も晴れましょう。あそこは素晴らしい観光地ですから」

「なんだって……？　彼はカレントに？」

婚約解消にエーリッヒが同意したとは、初めて耳にする情報だ。ウォルバート公爵がその場しのぎの嘘を言っている可能性もあったが、彼が命じれば子爵家もエーリッヒ1人の我儘を押し通せないだろう。それは実にいい情報だった。しかし、問題はそのあとだ。

「殿下たちが行かれる際は、私がご案内致しましょう」と、ウォルバート公爵は上機嫌でその場を去ったが、残された3人には焦りの色が広がっていた。

「まずいわね……。今鉢合わせしてしまったら、私たちの計画が台なしになってしまうわ」

「何が婚約解消に同意しただ！　あいつはミーナ嬢を探し回っているに違いない！」

「彼にも監視をつけておいたから、カレントに向かったとすれば今日の話だろう」

まだ報告が届いていないところを見ると、エーリッヒが出発したのはそう前のことではない。騎士団から情報が漏れたとは考えにくいため、純粋に彼女を探しに行ったと思われるが、執着《しゅうちゃく》男の直感に呆れるしかなかった。

するとカイザーは、突然体の向きを変えて扉から出ていった。

「待て、カイザー！　お前が向かったところでなんになるっ」

「お兄様、お待ちください！」

「止めてくれるな！　私は今すぐミーナ嬢の元へ行く！　まだ会わずにいるなら、奴がいることを教えなければ！」

会場を飛び出して馬車に向かうカイザーを、ルドルフとアネッサが慌てて止めようとするが、頭に血の上った彼を止めるのは至難の業《わざ》だ。

それが好意を寄せている女性の危機なら尚更、阻《はば》むことは不可能だ。

「……はぁ、分かった。カイザー、王太子である私の護衛を怠った罰として、お前を1週間の謹慎処分にする。レイブロン公爵には私から伝えておこう。ヘルミーナ嬢のことを頼むよ」

「感謝する！」

ルドルフに対して礼もそこそこに、カイザーは馬車に乗り込んだ。カイザーの頭には、一刻も早くカレントに到着してヘルミーナの元に駆けつけることしかない。

ルドルフとアネッサは馬車を見送りながら、「頼むから、目立つようなことはしてくれるなよ」と願うばかりだった。

◆◇◆◇◆

カレントに到着した当日、ヘルミーナたちは市場を巡った。

1日で回れるような場所では到底なかったが、記憶を辿るようにして、ヘルミーナはランスとメアリを案内した。リックは荷物番のため宿に残った。

古くからある店は残っていたが、異国の商品を取り扱うところは初めて見る店ばかりだ。けれど、カレントの町並みには懐かしさと親しみがあった。

「ミーナ様、こちらの帽子は髪色が変えられる魔道具のようです」

「髪色が……」

魔道具を取り扱う区画に足を踏み入れると、首都でも見かけない道具が並べられていた。

メアリは花のついた麦わら帽子や、クロッシェを見つけて足を止めた。

魔法石がついた帽子は髪自体が変化するわけではなく、帽子を被ることで髪色が変わって見える仕組みのようだ。裕福な平民なら手が出せるほどの値段で、変装道具としては画期的だ。

メアリと並んでヘルミーナも帽子を選んでいると、頭の上にポンッとものが載せられた。

「ミーナちゃん、これにしなよ！　俺と同じピンク色。こうすれば俺に可愛い妹ができたみたいじゃん」

それは薄桃色のコサージュがついた白いキャペリンで、可愛らしい帽子だった。メアリの差し出してくれた手鏡で確認すると、ピンクの髪色というのも悪くない。

すると、ヘルミーナが何か言う前に、「じゃあ、これで」とランスが買ってくれた。一緒に回っていたヘルミーナとメアリは、女性のエスコートに慣れすぎなランスに若干引いていた。

本人は無自覚だから余計質《たち》が悪い。

カレントの1日目は市場の観光であっという間に終わってしまい、2日目は港の方に行って屋台巡りをすることになった。観光客が多いため、リックとランスが護衛についてくれた。

ヘルミーナは昨日買ってもらった帽子を被り、髪色に合わせてオレンジ色のワンピースを用意してもらった。今までと違った雰囲気に、妙に浮き立ってしまう。逸《はや》る気持ちを抑えてヘルミーナはリックたちと港へ向かった。

「そういえば、小さい羽根のついた妖精の商品をよく見かけますね」

「ああ、それ俺も思った。お店の至るところに飾られているよね」

港付近は新鮮な魚介類を取り扱う店が多く、屋台から胃袋を刺激する香ばしい匂《にお》いが漂っている。ここは観光客だけでなく、船乗りの男たちも利用していて賑やかだ。

いくつか屋台を回って食べるものを物色《ぶっしょく》し、魚介の串焼《くしや》きを出している屋台でヘルミーナたちは立ち止まった。

柱には羽根のついた少女の木彫りがぶら下がっている。他の屋台や、昨日訪れたお店でも見かけたものだ。

「なんだい、お前さんたち知らないのかい？　これは水の妖精さ」

「水の妖精ですか？」

「ああ、そうだ。カレントは水の精霊による加護を受けていて、水の妖精が現れるんだ。海賊船がやってきた時は、水の妖精が船内を水浸しにして追い払ってくれたっていう話さ。悪戯好きのお転婆な妖精だが、船乗りの男たちもお守りにしているぐらいだ」

船乗りにも負けない屈強《くっきょう》な体をした店主は、水の妖精の話をしてくれた。

ヘルミーナもつい聞き入ってしまったが、ふと視線を感じて顔を上げた。

「……どうして私を見るんですか？」

「いやぁ、この妖精がミーナちゃんに似てるなと思って」

「意外とミーナ様の幼い頃をモチーフにしているのかもしれませんね」

ランスとリックが妖精の飾り物と見比べてくる。ヘルミーナは否定したが、２人の生温かい視線に耐えかねて、その屋台に並んでいた串焼きを全て買い上げた。店主は大いに喜んでくれたが、３人で食べるには多すぎた。

気恥ずかしさに居た堪れなくなったが、広場に行って頬張った魚介の串焼きは、感動するほど美味しかった。

残ってしまった串焼きはメアリへのお土産《みやげ》にすることにして、３人は港に停泊する船を見に行った。

ヘルミーナたちが辿り着いた時、すでに多くの人だかりができていた。気になって群がっている1人に何があるのか訊ねた。

「ああ、有名な商船が戻ってきたのさ」

「あの、それはどこの船ですか……？」

「確か貴族様の商船だったはずだ。詳しくは知らないが、船の名前はミーナテイル号……」

船名を聞いた時、ヘルミーナの脳裏《のうり》には子供の頃の記憶が蘇ってきた。

『よし、この船はヘルミーナの名前をつけてやろう。どんな災難が降りかかっても、必ず港に戻ってきてくれる船になるはずだ』

『ミーナもあれに乗れる？』

『そうだな、大人になったら乗せてやろう。それまではまた勝手に乗ったら駄目だぞ』

幼い頃に交わした父との約束を思い出して胸が熱くなる。自分がなぜ、社交界にデビューしてからカレントを訪れなくなったのか。今日になって答えが分かった気がする。

それは、「お荷物令嬢」と呼ばれた自分の姿を、家族のような関係を築いてきた人たちに見られたくなかったからだ。……幻滅されたくなかった。

巨大な商船が船着き場に入ってくると、集まっていた人たちから歓声が上がった。船乗りたちの家族も出迎えに来ているはずだ。

彼らの無事に安堵したのも束の間、人が多すぎて、群衆に巻き込まれランスとリックを見失ってしまった。ヘルミーナは人の波に押されながらなんとか抜け出した。

「――……ミーナ？」

刹那、後ろから呼ばれてヘルミーナは立ち止まった。足を止めるべきではなかった。気づかないふりをすればよかった。今でも名前を呼ばれるだけで、背筋に寒気が走る。

あの日の出来事を思い出すと、吐き気が込み上げてくる。

辛うじてできたことは、震える唇を噛んで婚約者の名前を必死に呑み込むことだった。

「――人違いだ」

その時だ。がしっと腕を掴まれて振り向くと、外套《がいとう》を被った男が見下ろしてきた。

フードの下から現れた赤い髪と橙色《だいだいいろ》の瞳に、ヘルミーナは空色の目を見開いた。

「カイザー様……？」

「シッ。今は君の護衛騎士だ」

体が硬直して動けなくなっていると、カイザーが体を引き寄せてくれた。背中に回った大きな手から彼の熱が伝わってくる。

ヘルミーナは驚きつつもカイザーの外套を握りしめ、浅い呼吸を繰り返した。額から嫌な汗が吹き出してくる。

すると、カイザーはヘルミーナの手を掴んで「行こう」と言ってきた。

カイザーが支えてくれたおかげで、ヘルミーナは歩き出すことができた。このまま人違いでやり過ごせたら、どんなによかっただろう。

「待ってくれ、ミーナ！　君がどんな格好をしようが、僕に分からないわけないだろ!?」

魔道具で髪色を変えたぐらいでは。

そう言ってくるエーリッヒに、ヘルミーナはこの世の無情さを嘆くように空を仰いだ。振り返らなくても浮かんでくるエーリッヒの姿に、思わず目を閉じる。

エーリッヒがヘルミーナに気づいたように、ヘルミーナも同じだった。姿を変えて群衆の中に紛れていても、彼の姿を見つけることができるだろう。

婚約をしてから、２人は周囲が呆れるほど一緒に過ごしてきた。ヘルミーナの隣にはエーリッヒが、エーリッヒの隣にはヘルミーナが、当たり前のようにいた。

家同士が決めた婚約とはいえ、お互いに好き合っていた。家族や領民たちから祝福され、きっと幸せな夫婦になれると思っていた。——それだけに、自分たちが辿り着いた結末が悔しくて、虚しい。

ヘルミーナは深い溜め息をつき、密着するカイザーの胸元に手を押し当てた。

「……ミーナ嬢」

「大丈夫です、すぐに済みますから」

昔を思い出すことで、面白いほど震えが止まった。恐怖や不快感より、エーリッヒに対する怒りが強かったからかもしれない。

ヘルミーナが振り返って歩き出すと、エーリッヒは安堵しつつも当惑の表情を浮かべていた。深い青色の瞳が自信なさそうに揺れているのを見るのは久しぶりだ。

「ミーナ、今まで一体どこにいたんだ……？　手紙を出しても返事はないし、屋敷を訪ねてもいないと追い返されるし」

「私がどこにいて、どこで過ごそうが、貴方が知る必要はありません」

「僕は心配して……っ！　君から目を離したら、また無茶をして怪我をするかもしれないだろ⁉」

彼は、何を言っているのだろう。

エーリッヒの目には今、ヘルミーナが婚約したばかりの10歳の子供に見えるのだろうか。勝手な振る舞いができないように格好から言動まで散々作り変えたではないか。

彼自身が、皆から「可哀想《かわいそう》だ」と言われるようになるまで。

ヘルミーナは奥歯を噛み、話を続けるエーリッヒを睨みつけた。

「――エーリッヒ・アルムス！」

付き合いが長い分、ヘルミーナは多くのことをエーリッヒと共有していた。カレントという

港町も、船乗りの人々も、広大な海も。同じ景色をたくさん見てきたのだ。

けれど、今のエーリッヒがそれらを口にすることに、嫌悪感を覚えた。大声でエーリッヒの名を呼ぶと、彼は驚いて言葉を詰まらせた。

「いい加減にしてっ！　私たちの婚約関係は終わっているはずよ。これ以上、私の前に現れないで。貴方が私にしたこと、許すつもりはないわ」

「……ミーナ」

どんな謝罪を用意されても許す気はない。理由がどうであれ、エーリッヒの行動は2人の関係を完全に終わらせたのだ。過去の、築き上げてきた絆さえ。

ヘルミーナが言いきると、エーリッヒは衝撃を受けたように動けなくなっていた。従順だった女に反論されて戸惑っているのかもしれない。

踵を返して背中を向けると、エーリッヒが「待ってくれっ！」と叫んで手を伸ばしてきた。

その手が触れようとした瞬間、ヘルミーナは反射的に振り払っていた。手がぶつかり、驚愕《きょうがく》と傷ついた顔が目に映る。しかし、胸が痛むことはなかった。

明らかな拒絶を示してカイザーの元に向かうと、それでもエーリッヒは追いかけてこようとした。

「それ以上、近づくな」

カイザーはヘルミーナの手を取ると、近づくエーリッヒに向かって火の魔法を放った。火柱が上がると、ヘルミーナはカイザーに抱き上げられてその場から離れることができた。

一瞬のことでエーリッヒがどうなったか分からないが、たぶん燃えてはいないだろう。

「ミーナ嬢」

「……大丈夫です。助けてくださってありがとうございます」

人気のない路地裏に辿り着くと、地面に降ろされた。

カイザーにはみっともない姿を見せてしまった。痴情《ちじょう》のもつれを他人に見られるほど恥ずかしいものはない。

平静を装うには時間が足りなかったが、幸いにも背の高いカイザーから俯いた顔を見られることはない。謝罪だけでも、と思って唇を開きかけた時、頭上からカイザーの声が降ってきた。

「私の責任だ。あの男がここに来ているのを知って駆けつけたのに……。もっと早く君を見つけるべきだった」

「そうだったんですね。……気遣ってくださって感謝します。カイザー様がいてくださってよかったです」

エーリッヒがいることを知らせるために駆けつけてくれたというカイザーに、安心して涙腺《るいせん》が緩みそうになった。

神聖魔法がどんな怪我や病気を治癒したとしても、心の傷までは癒やしてくれない。1人で立ち向かうことはまだできなかった。そんな時、カイザーが傍にいてくれたのは心強かった。

ヘルミーナはくしゃくしゃになりそうな顔に、帽子のつばを握りしめて引き寄せた。すると、カイザーは咳払いをして続けた。

「私は騎士だから。ミーナ嬢に胸を貸すぐらい、いつでも歓迎だ」

そう言って両手を広げてくれるカイザーに、自然と笑いが溢れた。思えば、彼には情けない姿ばかり見られている。レイブロン公爵家のお茶会でも慰められたことを思い出した。

「では……失礼します」と一言断ってから、ヘルミーナはカイザーの胸に頭を軽くぶつけた。

薄れてきたと思っていたのに。これからも記憶が蘇るたびにこうして苦しむのだろう。幸せだった思い出の数だけ。いっそ全て忘れられたら楽になれるのに。

その一方で、改めて確信できたことがある。やはり、自分たちが元に戻ることはない、と。

「……一発殴《なぐ》ってやればよかったです」

「練習相手が必要だったら私に言ってくれ」

ヘルミーナがぼそっと呟くと、カイザーから至極真面目な言葉が返ってきた。その返答があまりに可笑《おか》しくて、ヘルミーナは吹き出してしまった。

——大丈夫。自分はきちんと前に進めている。

「カイザー様、ありがとうございます」

ヘルミーナは改めてカイザーにお礼を言った。彼がいなければどうなっていただろう。考えるのも恐ろしい。

そんなヘルミーナの気持ちを知ってか知らずか、カイザーは咳払いをすると、先程から気になっていたことをヘルミーナに訊ねた。

「ええ……と、そのピンクの髪色は変装のために染めた？」

「いいえ、この帽子が魔道具になっていて、髪色を変えることができるそうです」

髪色が違うのに分かったカイザーには驚かされたが、ヘルミーナはピンク色になった自身の髪を摘《つ》まんで「便利ですよね」と笑みを浮かべた。

すると、カイザーは物珍しそうに近づいてきて、ヘルミーナの帽子を眺めた。

「ランスと同じ色というのは腑《ふ》に落ちないが、とてもよく似合っている……と思う。あと、その服も……」

これまで以上に熱のこもった目で見つめられ、太陽を全身で浴びているような暑さを感じた。

ヘルミーナは帽子を直すふりをしながら、いくつもの船が並ぶ港を眺めた。すると、久しぶりに再会した家族が、抱き合っているのが見えた。

「大きな商船が戻ってきたから、こんなに人が多いのか」

「ええ。船乗りたちにとって港は第二の故郷で、仲間は家族だと言います。それでも離れていた家族と再会するのは格別だと思います」

ヘルミーナは表情を綻ばせ、幼い頃に聞いた船乗りたちの教えを交えながらカイザーに話した。すると、彼は僅かに目を見開き「それは――」と口を開いた。

そこへ、はぐれてしまっていたランスとリックが駆け込んできた。

「ゲッ、なんでここにいるんすか、副団長！」

やってくるなり顔を歪めるランスに、カイザーは笑顔で彼の首に腕を回した。ただし、目は笑っていない。

「護衛に問題があったことは、あとでじっくり聞かせてもらうからな、ランス」

それでもカイザーが来たことに疑問も言わず、どこか安心した表情の2人を見ると、仲間の絆を感じずにはいられなかった。

「急にいなくなるなんて、どうかしたのかしら？」

海岸沿いで突然上がった火柱に、治安部隊が出動する事態となった。火柱はすぐに収まったものの、ここでも野次馬が集まった。

エーリッヒは騒ぎが広がる前にその場をあとにしていた。咄嗟に顔を庇ったせいで、服の裾《すそ》が焦げてしまっている。

舌打ちしたエーリッヒは、上流階級だけが入れるレストランに舞い戻った。そこで待っていたのは、紫色の髪に藍色《あいいろ》の瞳をした艶《つや》のある女性だった。

その美貌は、王太子ルドルフの婚約者であるアネッサと肩を並べるほど。誰と話していようが、どこにいようが、常に余裕のある笑みを浮かべている。

「君と婚約するよ、セリーヌ・ロワイエ侯爵令嬢」

「あら。あれだけ渋っていたのに、どんな心境の変化かしら」

彼女の前にある椅子に腰を掛けるなり、エーリッヒは口を開いた。乱暴な物言いだが、彼女――セリーヌは気にしていない様子で訊ねてきた。

エーリッヒは苛立ちながら右肘をテーブルに載せ、手の甲に顎を押し当てた。

「……その代わり、事業のことだけど」

「ふふ、問題ないわ。アルムス子爵家が我が侯爵家の傘下《さんか》に入れば、テイト伯爵家の事業を奪い取るなんて造作《ぞうさ》もないこと。公爵様も目を瞑《つむ》ってくれるはずよ。貴方には甘いんですもの。そして私は、一族の英雄という広告を手に入れて、事業の拡大を図るわ」

ウォルバート公爵家とは親戚関係にあるロワイエ侯爵家。公爵家に次ぐ権力を持ち、長女であるセリーヌはすでに3回の婚約を解消している。けれど、彼女はどこの舞踏会やパーティーでも堂々としていた。

──「お荷物令嬢」と呼ばれているヘルミーナとは真逆だ。

セリーヌは、自身が抱える事業こそが全てだと考えている女性だからだ。

その女性を相応しい伴侶として紹介された時、エーリッヒは頭痛さえ覚えた。だが、公爵からの話を無下《むげ》にできるわけもなく。そして、先延ばしにしてきたヘルミーナとの婚約解消は、公爵からの圧力によって限界が来ていた。

しかし、エーリッヒより5歳ほど年上のセリーヌは理解のある女性だった。お互いの利益のために、婚約しようと提案してきたのだ。

セリーヌはテイト伯爵家の事業を、エーリッヒはヘルミーナを。それぞれが欲しいものを手に入れたら、いつでも婚約を解消できる契約を結ぼうとしている。

ただ、それでもヘルミーナに対する後ろめたさや未練のためか、今日まで気が乗らずにカレントまで足を運んでいた。彼女に会えるような気がして。

けれど、再会したヘルミーナから受けた軽蔑と拒絶で、エーリッヒは理解した。もう、なりふり構っていられないと。確実に手に入れるためには手段など選んでいられないのだ。

苦笑を浮かべたエーリッヒは、ポケットから露店で購入したものを取り出した。

木彫りで作られた水の妖精のお守りだ。

水の都に現れるという妖精は、多くの者たちに愛され、大切にされてきた。カレントに来ると必ず目にする代物だ。

「このカレントに来るといつも思い知らされるな……。ミーナの方が僕よりずっと、英雄扱いされているんだって」


落ち着きを取り戻したヘルミーナは、カイザーたちと共に宿へ戻った。

部屋に着くなり、荷物番をしていたメアリが心配した様子で駆け寄ってきた。ヘルミーナはメアリにも情報共有が必要だと考え、起きた出来事を話した。

エーリッヒの名前を出した途端、「すぐに始末してきます」と、メアリは部屋を出ていこうとした。慌てて止めるも、カイザーもまた「私も付き合う」と煽《あお》るものだから、2人を引き止めるのに苦労した。

「ところでカイザー副団長はこのままこちらに？」

「……1週間ほど休暇をもらってきた」

「また屋敷でも破壊されましたか？」

「いいや、王太子殿下の護衛を怠った理由で、1週間の謹慎処分だ」

2人の物騒《ぶっそう》な会話に、ヘルミーナは彼らの服を掴んだまま、聞かなかったふりをするように視線を泳がせた。

「左様《さよう》ですか。それでは追加で部屋を取って参ります」

「助かる、メアリ。私は一度、騎士団のいる病院に行って様子を見てくる。リックとランスはミーナ嬢の護衛を頼んだぞ」

「承知しました」

「りょーかいっす！」

一度、宿を出ていったカイザーは、夕食の時間までに戻ってきた。

病院にいる仲間は、皆、思ったより元気そうにしていたと話してくれたが、もちろん空元気《からげんき》だろう。

病院で治療を受けている騎士たちは、復帰が絶望的な者たちだ。それでも「命が助かっただけよかった」と言った騎士の話を聞かされて、胸が痛くなった。

けれど、それもあと少しの辛抱《しんぼう》だ。

ヘルミーナたちは宿の1階で食事をとり、新鮮な海鮮で胃袋を満たしたあと、それぞれの部屋に戻って休んだ。

翌日、第二騎士団がカレントの港町に到着した。ウォルバート一族の領地を救った英雄として歓迎を受ける騎士団を確認したあと、ヘルミーナ一行は次の目的地に向かって動き出した。

◆◇◆◇◆

女は深い森の中を走っていた。

鹿の皮に紐を通しただけの靴は泥だらけになっていた。剥《む》き出しになった手足は傷だらけで血が滲んでいる。それでも女は走るのをやめなかった。痛い、苦しいといった感覚はとうに麻《ま》痺《ひ》していた。

――逃げなければ。

女を突き動かしたのは、得体の知れない恐怖だった。人間の皮を被った悪魔に捕らえられ、連れていかれた先で見た光景に戦慄《せんりつ》した。

アレは一体なんだったのか。

女は本能的にその場から逃げ出していた。

五感が、生存本能が、ありとあらゆるものより勝《まさ》った。涙が出ようが、鼻水が垂れようが、涎《よだれ》が流れようが、小水《しょうすい》を漏らそうが、それらの不快も感じなかった。

ただ、生き残るために。まだ10歳になったばかりの息子が自分の帰りを待っているのだ。

誰か。誰か。誰か――。

誰でもいいから、助けて。

あの黒い瘴気《しょうき》を纏った化け物から。

女は最後の力を振り絞り、僅かな希望を信じて一気に山を駆け下りた。

◆◇◆◇◆

ウォルバート領地とラスカーナ領地に挟まれたケーズニ谷。

2つの領地を跨《また》いだケーズニ山脈の中央にできた窪地《くぼち》は、滅多に人が寄りつかないため魔物の住処《すみか》に適していた。

魔物が増えれば人里を襲う危険性があるため、年に2回ほど討伐の要請が上がってくる。

それを管理しているのが、それぞれの谷沿いにある村だ。

「今回討伐の要請はなかったんだが、偵察に行かせた者たちによると魔物が目撃されたそうだ」

カレントで乗り換えた2頭引きの幌《ほろ》馬車の中。足元には木箱や布袋などが積まれ、舗装《ほそう》された道を抜けて山道に入ると、積荷が馬車ごと揺れた。

町から町へ、拠点を持たない旅商人を装っているが、貴族特有の品のよさは隠しきれない。

「騎士団は本来、要請がなければ各領地での討伐は行えない。その要請も、緊急性や危険度を調査した上で通されることになっている。一方で、ケーズニ谷のように討伐の予定が事前に組まれているものもあるんだ」

荷台の3人掛けシートに、ヘルミーナ、カイザー、メアリが座り、御者台《ぎょしゃだい》にはランスとリックがいた。全員が貴族である。

御者台から「この先揺れるよー」とランスが声をかけてくると、ヘルミーナの前にカイザーの手が差し出された。

「それではまだ討伐の時期ではないのを、今回のために繰り上げたということでしょうか？」

幌馬車に乗り慣れず、ヘルミーナは一度シートから派手に振り落とされている。以来、カイザーが支えてくれるようになったのだが、その時は本気で水になって溶けてしまいたいと思った。

ガタン、と馬車が大きく揺れ、衝撃で体が浮く。ヘルミーナは反射的にカイザーの腕を掴んでいた。すぐに手を離してお礼を言うと、カイザーは咳払いして話を続けた。

「いや、前回の討伐から半年以上も経っているし、要請が来てもおかしくないんだが……」

「魔物の数が少なかったからでしょうか？」

「メアリの言うことも一理《いちり》あるが、どうもラスカーナ領地にあるケーズ村で、魔物以外の問題が起きているようだ。だが、それでもう片方のニキア村から要請がないのもおかしい。その調査も含めて騎士団に話が回ってきた。ただ、ウォルバート領と余計な軋轢《あつれき》を生まないために、騎士団の派遣はあくまで偶然を条件に、ケーズ村が協力してくれることになったようだ」

魔物以外の問題に晒されたケーズ村は、一族の長であるラスカーナ公爵に連絡を取った。その話は、公爵の夫で王国の宰相でもあるモリスに伝えられたという。

この計画にはルドルフの他にラスカーナ公爵夫妻も関わっている。自分たちが行動する裏には、複雑な問題が隠れているのだと理解した。

ヘルミーナはカイザーの話を聞いて、改めて気を引き締めるように背筋を伸ばした。

そして彼らを乗せた馬車は、ウォルバートの領地側にあるニキア村に到着した。

ニキア村からケーズ村に行くには、石橋を渡る必要がある。その昔に2つの村が協力して造った石橋は、ヘルミーナたちの幌馬車でも余裕で通れる大きさだ。

渡るために通行料を支払い、簡単な検問《けんもん》も行われる。この通行料は山奥で暮らしている彼らにとって貴重な資金源だ。

「あんたら、商人かい？」

石橋の手前で馬車を止めると、青い髪をした2人の兵士が近づいてきた。すると、カイザーが荷台から降りて対応に当たった。

「旅商人だ。護衛は私1人で、あとの4人が商人だ」

村人に雇われた兵士は、屈強な体で長身のカイザーにたじろいだが、人懐こい笑顔を見せられると安堵した表情を浮かべた。

兵士はヘルミーナのいる荷台にも来て積荷を確認したが、どこにでも生《は》えているような薬草と、その薬草から抽出《ちゅうしゅつ》したのだろう、青い瓶に入った苦薬《くやく》に顔を顰めただけだ。

「俺たち仲のいい兄妹同士で各地を巡ってるんだよね～。おじさんも1本どう？　これ飲むとすごーく元気になるよ？」

「生憎《あいにく》、悪いところはないんでな。それより行くのはいいが、ケーズ村で商売するなら気をつけた方がいい」

冗談半分でランスが青い瓶を差し出すと、兵士は拒否した。ランスの説明は全く間違っていないのだが、苦くて不味《まず》そうな薬をありがたく受け取る者はいないだろう。

実際は、ただの水にヘルミーナの神聖魔法をかけたものなので不味くはない。苦くもない。

「何かあったのか？」

無理やり売りつけようとするランスにカイザーが割って入り、兵士が漏らした不穏な言葉について訊ねた。

「どうも、ケーズ村の人間が、ここ半年の間に5人ほどいなくなっているらしい」

「魔物の仕業《しわざ》か？」

「そこまでは分からんが、村は全く荒らされていないようだ。ただ姿を消したのは身寄りのない者ばかりで、自ら山に入っていったという話もある」

死に場所を求めた者が魔物のいる山に入っていく話は聞いたことがあるが、同じ村の者がここ最近で5人も同じ行動を取るとは思えない。身寄りのない者ばかりが消えたのも不思議だ。

だが、身寄りがいない者だからこそ騒がれずに済んでいるのだ。貴族だったら1人いなくなっただけでも大騒ぎになっていたはずだ。

「今日はこの村に留まった方がいいんじゃないのか」と兵士は言ってきたが、カイザーは丁重に断り、通行料を支払った。

「副団長？」

「……いや、なんでもない。先を急ごう」

一瞬、村に視線を走らせたカイザーは、しかしリックに呼ばれて馬車に戻った。

ヘルミーナも気になって村の様子を窺ったが、とくに変わったところはない。必要以上に見られていること以外は。

村人たちが必要以上にこちらを窺ってくるのは、旅商人が珍しいからだろうか。気にはなったが、ヘルミーナたちを乗せた幌馬車は石橋を渡ってラスカーナ領地に入っていった。

ケーズ村は大きさも人口も、先程のニキア村とほぼ変わりない。けれど、異様なほど静まり返っていた。元々首都やカレントほど活気に満ちた場所ではないが、道を歩く村人はおらず、店も閉まっている。

それでも村に1つだけある宿に到着すると、女将《おかみ》が出迎えてくれた。

「こんな山奥の村に旅商人なんて珍しいねぇ。何を扱っているんだい？」

「薬草と飲み薬です」

女将に訊ねられて、メアリが運んできた商品の一部を見せると「本当に売れるのかい？」と心配された。やはり青い瓶はどこに行っても警戒されるようだ。

けれど、村の雰囲気と違って明るく振る舞ってくれる女将に、ヘルミーナたちは表情を緩めた。宿の客はヘルミーナたちだけで、久々の客に喜んでいる。

でも、村の問題は何ひとつ分からなかった。どうすれば5人もの人間がいなくなってしまうのか。言いようのない恐怖で、村全体に影が落ちていた。

しかし、ヘルミーナが到着してから数刻。

闇に飲み込まれようとしていた村に、一筋の光が差し込んだ。

ケーズ村に第二騎士団が到着したのだ。知らせを受けて村人が現れ、赤い団服を身に纏った騎士に歓喜の声を上げた。カレントと同様、お祭りでも始まったのかと思うぐらいの騒ぎだ。

宿の窓からその光景を見物していたヘルミーナは、思わず感嘆《かんたん》の声を上げた。

「凄いですね。皆さん本当に嬉しそうです」

「まぁ、王国騎士団だからねー」

王国騎士団には何百年も王国を守り続けてきた歴史がある。魔物を倒すだけではない。村に活気を取り戻させ、希望を与えるのも彼らの使命なのかもしれない。

だからこそ、騎士の命を救うことで大勢の民を助けることができるのだ。

「ミーナ嬢、夜になったら騎士団の陣営に行こうと思うんだが」

「私も負傷した方々の状態を見ておきたいので、一緒に行きます」

その夜、ヘルミーナはカイザーと共に、人目を避けて騎士団の陣営に向かった。

村から少し離れた広場にいくつもの天幕が張られている。２人は第二騎士団団長、ダニエル・ロワイエの元を訪ねた。彼はウォルバート公爵の甥だ。エーリッヒがいなければ、一族の英雄は彼だったに違いない。

「来たか、カイザー」

「お疲れさまです、ダニエル団長。パウロもここにいたか」

カイザーが天幕に入ると、魔道具のランプに明るく照らされた空間にはダニエルとパウロが待っていた。

背中まで伸びた紫色の髪を後ろで1つに束ねたダニエルは、切れ長の青い目に鼻筋の通った、端正な顔立ちの男性である。

以前、ダニエルとマティアスが並んでいるところを偶然見てしまったメイドたちが、こぞって倒れ込んでいたのを思い出す。

「お前がここに来た理由は他の騎士から聞いた。だが、マティアスは知らないんだな」

「それは……」

「まあ、ルドルフ殿下も関わっているから問題ないだろうが。それに、お前が来てくれて心強いのも確かだ」

いつもは堂々としているカイザーが、ダニエルを前に動揺を見せた。

あとになって知ったことだが、ダニエルはマティアスと同期で、問題児揃いの第一騎士団の尻拭《しりぬぐ》いをしてくれているダニエルに、カイザーは頭が上がらないようだ。面白い上下関係を目撃してしまった。

嬉しそうにカイザーの肩を叩いたあと、ダニエルの視線はヘルミーナに移った。

「ヘルミーナ様も、このような場所までご足労いただき感謝致します。負傷した騎士の確認でしたね。今、パウロに案内させます」

「宜しくお願いします」

ロワイエ侯爵家とはあまりいい関係ではなかったが、ダニエルだけは違った。
彼は騎士として名を馳せ、ヘルミーナたちもダニエルの活躍をよく聞かされていた。とくにエーリッヒはダニエルに憧れ、目を輝かせながら話していた。同じ水属性の中でも尊敬できる人だ。

その時だ。

ヘルミーナは2人に挨拶したあと、パウロと負傷した騎士のところへ向かおうとした。

「——誰だっ！」

天幕から出ようとした瞬間、その場の空気が一変した。

パウロが声を上げたと同時に、カイザーとダニエルがヘルミーナの前に立った。何が起きたのか見ることはできなかったが、腰の剣に手をやったパウロが幕を捲り上げると、「うわっ！」と、幼い声が聞こえてきた。

「子供……？」

天幕を出たところで10歳ぐらいの男の子が尻もちをついていた。パウロは剣から手を離して、男の子に近づいた。

ヘルミーナとカイザーは正体を隠す必要があるため、男の子から見えない場所に移動する。その間にダニエルが男の子の元へ駆け寄り、「なぜ騎士団の天幕に？」と訊ねた。

すると男の子は、突然地面に両手をついて叫ぶように言った。

「兄ちゃんたち王国の騎士だろ!?　だったらオレの母ちゃんを助けてくれよ！　あいつらから、母ちゃんを連れ戻してくれよっ！」

訴えるように声を張り上げた男の子は、両目からいっぱいの涙を溢れさせた。

母が連れ去られた、と。

身寄りのない者ばかりが姿を消していくという、不可解な事件が頭をよぎる。

ヘルミーナが視線を上げれば、カイザーとダニエルがお互いに頷き合っているのが見えた。

そして、ダニエルは倒れた男の子に手を差し伸べた。

「――今の話、詳しく聞かせてくれるか？」

◆◇◆◇◆

救護用の天幕には、カレントの病院から運ばれた騎士たちが収容されていた。

ヘルミーナは、１人ひとりの状態を確認しながら診て回った。

幸いにも全員が命の危機を脱している。しかし、殆どが想像以上に酷い怪我を負っていた。

彼らはヘルミーナが王宮に保護される前から遠征に出ていたため、神聖魔法の存在を知らない。いくら騎士から説明されても、にわかには信じ難いだろう。

「……あの、本当に治るのでしょうか……？」

紺色の髪をした若い騎士が、期待と不安の入り混じった表情で訊ねてきた。能力を疑う騎士に、護衛として控えていたパウロが咎めるも、ヘルミーナはそれを遮った。

「大丈夫です。――絶対に治ります」

そう言ってヘルミーナは、肘から下に大怪我をした若い騎士の右腕を両手で包み込んだ。

少しだけ神聖魔法を流し込むと、傷が一瞬のうちに治癒されていく。周囲で様子を見守っていた騎士たちは思わず息を呑んだ。

「皆さん、明日には騎士団に復帰できますから」

今すぐでないのが心苦しい。

王国の騎士を計画の一部に利用してしまい申し訳なくなる。だから、少しでも彼らの痛みを和らげるために力を使った。

明日には全員が元の肉体を取り戻すと分かっていても。今夜だけは痛みに呻《うめ》くことのないように。我慢強くても、痛みや不安は掻き消せるものではない。

ヘルミーナが安心させるように笑顔を見せれば、若い騎士は目を潤ませ、声を詰まらせた。失った手に、将来を悲観していた彼は、目前に現れた唯一の希望に涙した。感謝の言葉を伝えたくても嗚咽にしかならず、けれどその思いは痛いほどよく伝わってきた。

「ヘルミーナ様、ありがとうございました。体調はお変わりないですか？」

「はい、大丈夫です。魔力も一晩眠れば回復しますので」

負傷した騎士の確認を終えたヘルミーナは、ダニエルたちの待つ天幕に向かって歩いていた。

暗闇の道の足元を、天幕から漏れる明かりが照らす。

青い瓶の魔法水があれば、騎士たちの怪我も完治するはずだ。

状態を確認した時は気持ちが深く沈んだが、明日の彼らを思い描けば幾分心が軽くなった。

「今まで疑問だったのですが、貴族の中でもヘルミーナ様の魔力が少ないのは、それだけ大きな魔力を抑制されているからではないでしょうか？」

「……そう、でしょうか。ただ、第二次覚醒の条件は人それぞれだと聞いています。それに運だと言う人も」

ヘルミーナの魔力量を知って、パウロがふと訊ねてきた。新人の育成部隊に配属されていた彼らしい意見だ。

しかし、ヘルミーナは曖昧《あいまい》な表情を浮かべた。覚醒を試さなかったわけではない。抑制された魔力が自分にも覚醒すれば、お荷物だと後ろ指を差されずに済むのだから。でも、それには大きな代償と危険が伴う。

「失言でした。私の無礼をお許しください」

「いいえ、パウロさんが謝ることは……！　覚醒すればそれだけ多くの方を助けることができるので、私も自分の魔力が増えればと考えています」

「ヘルミーナ様……」

「それよりカイザー様たちの方は大丈夫でしょうか？」

空気が重くなるのを感じ、ヘルミーナは無理やり別の話を切り出した。

騎士団に助けを求めてきた男の子はダニエルに抱えられ、別の天幕へ連れていかれた。カイザーもまたダニエルについていった。

男の子から詳しい話を聞ければいいが……。

ヘルミーナは連れ去られたという母親の無事を祈りつつ、ダニエルの天幕に戻った。

中へ入るとカイザーが口元に人差し指を当て、声を出さないようにと伝えてきた。彼の視線が導く先には、男の子が眠っていた。傍にはダニエルがついている。

カイザーから労《ねぎら》いの言葉をもらい、詳しい話は宿に戻ってから聞くことになった。

「少年の名前はフラン。母子で山菜を採りに山へ入ったが、母親だけが連れ去られたらしい。

相手は水魔法を使ったようだ」

「水魔法、ですか」

宿に戻ると、カイザーはリックたちを招集して情報を共有してくれた。

事件の犯人が水魔法を使ったと聞いて心がざわつく。フランの傍にいたダニエルが、神妙な面持ちだったのはそのせいだろう。

「それではケーズ村で起きている失踪《しっそう》事件は、魔物ではなく、人が関わっている可能性が高いということですか。そちらも第二騎士団が調査を？」

「ダニエル団長とも話したが、当初の予定通り協力者である村の医者に魔法水を預けて、そのまま第二騎士団に運んでもらう。謎の飲み薬によってあらゆる怪我が完治したとなれば大騒ぎになるはずだ。そのあとで魔物討伐に向かってもらう」

フランの母親が連れ去られたのは昼前だ。時間が長引くほど助けるのも難しくなる。

「そして失踪事件には我々が動くことになった。私たちは一旦騎士に戻り、失踪者の捜索《そうさく》に当たる。第二騎士団からは、パウロを含めた6名が助っ人として来てくれることになった」

本来なら騒ぎになる前に村を離脱する予定だったが、今回の事件を見逃すことはできない。

計画は間違いなく遂行《すいこう》されているため、自由に動けるうちに事件の真相を突き止めたい。そう話すカイザーに、ヘルミーナたちも同意した。

次の日、ヘルミーナたちは宿の女将に医者の住まいを訊ね、別れを告げて幌馬車で移動した。最後まで「売れるのかねぇ」と心配してくれた女将は、あとで驚くことだろう。

協力者である医者の元を訪ねると、彼は待ちかねた様子で外に出ていた。60を過ぎた老人だが、青い瓶を手にする目は患者と向き合う医者そのものだ。真剣な眼差しはヘルミーナへと移り、「任せてくだされ」と力強く頷いてきた。

荷台から荷物を降ろすところを、数人の村人が見ている。医者が詐欺《さぎ》にでも遭っているんじゃないかと不安そうな表情をされたが、効果が知れわたるまでは仕方ない。

作業が終わると同時に、騎士たちがやってくるのが見えた。

幌馬車に乗って、彼らとすれ違った。歓喜の輪に加われないのは残念だが、今は他にやるべきことがある。

村を出た幌馬車は再び山道に入り、暫く走らせたところで突然止まった。

「お疲れさまです。幌馬車はこちらでお預かりします」

道を塞ぐようにして待っていたのはパウロを含めた6人の騎士だった。ヘルミーナたちは荷台から降り、周囲を警戒しながら外套を深く被った。

一方、カイザー、リック、ランスの3人は、外套を脱いで団服姿になった。やはり彼らにはこの姿が一番よく似合っている。

「母親がいなくなったというのはこの先か」

「ええ、そのようです。険しい山道になるので馬は使えません」

2人の騎士が幌馬車に乗り込むと、来た道を引き返していく。

その後ろ姿を見送ると、合流したパウロたちと木の生い茂るケーズニ山脈を見上げた。

「私とリック、ランスの3人が先導する。パウロたちには後方の確認と、ミーナ嬢の護衛を任せる。ミーナ嬢は無理せずついてきてくれ」

「分かりました。皆さん宜しくお願いします」

昨晩の話し合いでは、ヘルミーナを村に残すか、騎士団に預けるか、と様々な意見が飛び交ったが、最終的にカイザーの近くにいるのが最も安全だという結論に至った。

ヘルミーナもまた、何かあれば治癒を施すことができる。

山登りを母親に見つかったら叱られそうだが、子供の頃は木登りもしていた。彼らについていける自信がある。ヘルミーナは気合いを入れて、道なき道に入っていった。

「——待て。人の気配がする」

1時間ほど山を捜索しただろうか。

ヘルミーナの自信はとうに汗となって流れていた。パウロやメアリから「大丈夫ですか？」

と、何度も声をかけられて申し訳なくなってくる。

それでも遅れることなく必死についていくと、カイザーがふいに足を止めた。

手の動きだけでランスとリックに指示を送る。３人は警戒しつつ茂みに近づいた。

すると、木の根元に血だらけになった女性が倒れ込んでいた。

「おい、大丈夫か!?」

カイザーが茂みを掻き分けて駆けつける。

真っ青な顔をした女性はピクリとも動かなかった。だが、そっと抱きかかえると、意識を取り戻したように目を開いた。

「はぁ、は……っ！　……けて、助けて……あの化け物が……っ！」

「我々は王国の騎士だ。もう安心していい。まずは水を」

女性の声は驚くほど掠れていた。カイザーがリックの差し出した水筒を女性の口に押し当てたが、彼女は一瞬安堵の表情を浮かべ、また気絶してしまった。

刹那、頭上でガサッと草の揺れる音がした。その直後、逃げていく足音が聞こえた。

「カイザー副団長！」

「ああ、分かってる。ひとまず、後方の2名は彼女を村に運んでくれ」

気を失った女性を抱き上げたカイザーは、後方の騎士2名に彼女を託した。

外見からしてフランの母親で間違いない。ヘルミーナは母親の無事に胸を撫で下ろした。

「あの、村に着いたらこの青い瓶を彼女に」

「確かに受け取りました」

ヘルミーナは村へ戻る騎士に、持っていた青い瓶を渡した。これがあれば傷は全て癒えるはずだ。あとは母親の帰りを待つフランの元へ、無事に戻ってくれることを願った。

女性を連れて下山する騎士を見送ると、ヘルミーナは振り返ってカイザーたちの姿を探した。

だが、彼らの姿はすでになかった。

と、山の少し上の辺りから、「騎士に見つかった！」と叫ぶ声が聞こえてきた。カイザーたちはそのあとを追ったのだろう。

ヘルミーナたちも急いで彼らのいる場所に向かった。すると、木々に囲まれた山奥に古びた小屋が建っていた。

ようやく辿り着いた時には、カイザーとリックが兵士の姿をした2人の男を制圧し、ランスは小屋を確認していた。

その時、小屋の後ろから1人の男が逃げ出すのが見えた。

「アイツ……っ！」

「待て、ランス！」

逃げていくのは青い髪の男だった。ニキア村の石橋にいた兵士に似ている気がする。

カイザーが呼び止めるも、森の中へ逃げる兵士を追いかけてランスも姿を消した。

「リックはランスのあとを追ってくれ。絶対に1人で行動させるな！　パウロたちはこいつらを縛り上げろ。メアリはミーナ嬢の傍から離れないように」

「すぐに追いかけます！」

カイザーの指示に従って、それぞれが動き出す。

一方、ヘルミーナはなぜか誘われるように小屋に近づいていった。メアリが止めてくれたのに、どうしてか見なければいけないような気がして足が止まらなかった。

そして、悪臭《あくしゅう》を放つ小屋の中に広がったおぞましい光景に、ヘルミーナは戦慄した。

終焉《しゅうえん》と呼ぶものを実際に目にできるなら、きっと今この目に映っている光景なのだろう。

黒い瘴気に覆われた室内に、全身の震えが止まらなくなった……。

布などで目張りされた薄暗い小屋の中――そこに、5人の人間が横たわっていた。室内に充満した体臭と汚物《おぶつ》の臭いに、吐き気が込み上げる。足を踏み入れることができず、小屋から離れ、近くの草むらで嘔吐《おうと》した。

……アレはなんだったのか。

人間の形をしていなければ、彼ら全員がただの黒い塊にしか見えなかっただろう。焼け焦げた皮膚と違い、肌が黒く変色して瘴気を纏っていたのだ。……魔物のように。

とても直視できる光景ではなかった。

「ヘルミーナ様、大丈夫ですか？」

「……メアリ」

嘔吐を繰り返すヘルミーナに、メアリが背中を優しく擦ってくれた。けれど、彼女の手もまた小刻みに震えていた。

初めて目にする異様な光景に、自分のことしか考えられなくなっていたようだ。ヘルミーナは差し出された水筒で口をゆすぎ、ハンカチで口元を押さえ、メアリに支えられながら立ち上がった。

一方、カイザーたちは取り押さえた男たちに特殊な手枷《てかせ》を嵌めていた。魔法を無効化する魔法石のついた魔道具のようだ。魔法を使う人間にはこれ以上の拘束《こうそく》道具はない。

「ここで何をしていた？　小屋の人たちはどうした？」

仁王立ちになるカイザーに、２人の男たちは尻込みした。

どちらも兵士の格好をしている。１人は、ニキア村の石橋で荷台を確認した男だ。

「俺たちは知らない……っ！　何も知らないんだ！」

「嘘をつくな！　ここにいるのは失踪したケーズ村の人たちだろ⁉」

パウロともう1人の騎士が男たちを地面に押しつけた。

呻き声を漏らした1人が王国の騎士に恐れをなし、ほぼ叫ぶように答えた。

「勘弁《かんべん》してくれ、仕方なかったんだっ！　こうでもしなきゃ、俺たちの村から犠牲者が出ていた！」

「……それで別の村から人を攫《さら》ったのか？」

刹那、風の流れが変わった。周囲がサァー……と静まり返る中、カイザーの足元にある落ち葉が弾け飛ぶ。彼の殺気に背筋が凍りついた。本気で怒っているのが分かった。

男たちは青褪め、カイザーの殺気に耐えきれず失神してしまった。パウロたちは嘆息して男たちから手を放した。

「カイザー副団長、あれは……」

「ああ、間違いない。――『魔喰《まぐ》い』だ」

パウロがカイザーに近づき、2人は小屋のドアに視線を向けた。

離れて見守っていたヘルミーナは、口元に当てたハンカチをぎゅっと握りしめた。

『魔喰い』――それは魔物の存在を学んでいく上で、必ず耳にする言葉だ。

上位種の中には、人間の魔力を喰らう魔物がいる。魔力を奪われた人間は黒い瘴気の毒に侵され、体を蝕《むしば》まれていく。毒の進行は人それぞれだが、飢えも渇きも感じることなく、やがて死よりも悲惨な結末を迎える。

人間だった頃の記憶を失い、黒い瘴気に覆われた魔物と化すのだ。

人から人へ感染することはないが、魔物となることが分かっている以上、一緒には暮らせない。最後は愛する人の顔も忘れ、自ら手にかけてしまうかもしれないのだから。

だから『魔喰い』に遭った者は、人間でいるうちに遅かれ早かれ死を選ぶ。病気と違い、進行を遅らせることも治すことも不可能だ。不治《ふじ》の病より厄介な症状だった。

カイザーはやるせない様子で髪を掻き回し、大きく深呼吸してから口を開いた。

「あの母親が言っていた化け物というのが気がかりだ。上位の魔物が山に住み着いている可能性がある。パウロたちは一旦第二騎士団に戻り、報告と応援の要請をしてくれ。男を追いかけていったランスも心配だ。無茶をしてなければいいが……」

「承知しました。あの、カイザー副団長……小屋の者たちは」

「騎士団の決まりに従うだけだ」

パウロが遠慮がちに訊ねると、カイザーは表情に影を落としながらもはっきり口にした。パウロたちはそれ以上何も言えず、命じられた通り第二騎士団の元へ急いだ。

小屋の前には気絶した2人の男と、カイザーとヘルミーナとメアリが残された。

「……小屋の近くは危険だから、離れていてほしい」

近くまでやってきたカイザーは、ヘルミーナたちに離れるように言ってきた。その声には覇《は》気《き》がない。いつもとは違う様子に、ヘルミーナは不安になった。

それでもメアリに促され、小屋から距離を取る。

と、開かれたドアに向かって両手を突き出したカイザーは、巨大な火の塊を作り出した。

それが何を意味するのか、ヘルミーナは悟った。

彼が小屋にいる5人に死を与えるのだと。

魔物になる前に殺さなければいけない。騎士の規定によってそう決まっているのだろう。まだ自我が残っていれば、それは間違いなく「人」であるはずなのに。

王国の騎士はこれまでに、どれほどの苦悩と苦痛を背負ってきたのだろう。

仲間を失う悲しみや悔しさ以外にも。

背中ではためく騎士団の紋章に、どれほどの思いが封じ込められてきたのだろう。

泣くことも許されず、弱音を吐くこともできず、ただ民を守るために戦い続ける彼ら。自分は騎士の何を見てきたのか。

そう思ったらじっとしていられず、ヘルミーナは走り出していた。

「待ってくださいっ、カイザー様！」

小屋ごと燃やし尽くそうとするカイザーに、ヘルミーナは目を真っ赤にして叫んでいた。

心優しい彼だからこそ、罪なき人を殺すことに多くの葛藤《かっとう》があるはずだ。それだけに、カイザーが、他の騎士たちが、これ以上苦しみに苛まれるのを黙って見過ごすことはできない。

「彼らはまだ魔物ではありません……っ！　ですから、どうか……お願いです！　私に治癒を、神聖魔法を使わせてください――！」

◆◇◆◇◆

草むらを飛び跳《は》ねるようにして逃げていく男を、ランスは追いかけていた。

「ウサギみたいにすばしっこい奴だな！」

真っ先に小屋を確認したランスは、男たちの非道な行いを瞬時に見抜いた。

男たちは保身のために、他領から連れ去ってきた者たちを生贄《いけにえ》として差し出していたのだ。身寄りのない者ばかりを狙ったのもそのためだ。

しかし、連れ去る人間を選ぶのにも限界がある。最後は手当たり次第になっていく。

『魔喰い』になった者は二度と元には戻らない。魔物となる前に、死を選ぶことだけが唯一の救いとなる――。

ランスは爆発しそうな怒りに、拳を強く握りしめた。

男がどこへ逃げようとしているのか分からないが、甘く見られたものだ。王国の騎士から逃げきれるわけがないのに。

男は深い森を抜けると、迷うことなく切り立った崖下の洞窟《どうくつ》に入っていった。

「ランス！」

男が洞窟に入るのを見て一旦立ち止まると、リックがランスに追いついた。

「単独行動は慎《つつし》め！　カイザー副団長の命令を無視しただろ」

「悪かったよ。説教ならあとでたくさん聞くからさ」

男を捕まえるまで戻るつもりはない、と目で訴えると、リックは呆れるように嘆息した。

リックもまた、この事件には強い怒りを感じている。

『魔喰い』になった者を見つけたら、騎士はその場でその者を殺さなくてはいけない。人間の心が残っていたとしても、だ。騎士になった際に取り交わした契約書にそう書かれていた。

それがどれほど重い任務か。騎士になった重圧を感じ、サインする手が震えたほどだ。

リックは悩む素振りも見せず、ランスに向かって「分かった。一緒に行こう」と頷いた。それから2人は近くの茂みから木を取り、先端に火を灯して松明《たいまつ》にした。

「洞窟の中では魔法を控えるんだ」

「火魔法と洞窟って相性最悪だよね」

洞窟内に有害な毒や物質が溜まっていれば、火魔法を使った瞬間、引火して大爆発を引き起こす危険がある。

それ以外にも、洞窟内が湿《しめ》っていれば、火魔法の威力が落ちて不利だ。物理攻撃では魔物を倒せないため、いつもより慎重に洞窟内を進んだ。

「油断するなということだ」

「大丈夫だって。俺にはつよーいお守りがあるから」

そう言ってズボンのポケットを二、三度叩いたランスは、口の端を持ち上げた。

その時、奥から悲鳴が聞こえてきた。2人は顔を見合わせ、松明の明かりを頼りに奥へと急いだ。

『――今日ハ餌《えさ》ガ多イヨウダ』

開けた場所に足を踏み入れると、四方に灯された松明の炎が、風もないのに揺れていた。

声がした方を見れば、石の祭壇に黒い塊が転がっていた。息絶えたそれが、先程追いかけていた男だと認識するのに時間がかかった。

そして……。

「なんだよ、あれ」

「女性が言ってた化け物、だな。間違いなく上位種の魔物だ」

黒い鎧《よろい》に覆われた上位の魔物が石段に座り、不気味なほど落ち着いた様子でこちらを眺めていた。

◆◇◆◇◆

魔法石から魔力が抜けると、灰色になって石化した。魔力が尽きれば、魔法石もただの石ころだ。

『魔喰い』で瘴気に覆われた村人の治癒を申し出たヘルミーナは、外套で鼻と口を覆い、最も症状の重い人へ近づいた。

治癒を施すことに初めは難色を示したカイザーだが、ヘルミーナの意思を尊重してくれた。治せるなら、治してほしい——と、思うのは誰も同じだ。これから命を奪わなければいけない人であれば尚のこと。

カイザーは頷き、剣を振るって小屋の壁一面を壊した。暗闇だった室内に明かりが差し込み、『魔喰い』に遭った人々の状態をより鮮明に、正確に見ることができた。

瘴気の毒は、蛇が絡みつくように皮膚を取り巻いている。それが心臓を喰らえば自我が失われ、人は魔物となる。

ヘルミーナはせり上がってくる胃液を飲み込み、最初に攫われたらしい老人の横に跪いた。

所持していた魔法石を取り出して、神聖魔法をかけた。残りの人数を考えると、魔力は極力温存しなければいけない。

「……っ、く……っ」

老人の全身に絡みついていた黒い瘴気が、光の蔦によってみるみる覆われていく。

それは何度見ても驚かされる光景だった。

小さく呻いた老人は、黒い瘴気が完全に消え失せるとゆっくり目を開いた。

ヘルミーナが「大丈夫ですか？」と声をかけると、老人は眩しそうに目を細めながら「……ああ、聖女様」と呟き、そのまま眠ってしまった。

念のため黒く変色していた皮膚を確認したが、命に別状はないようだ。

「まさか、本当に治せるとは……」

見守っていたカイザーとメアリは、神聖魔法の効果に改めて驚かされた。怪我や病気の治癒は見ていたが、まさか魔物になりかけた人間までも治せるとは。

ヘルミーナが行ったのは治癒だけではない。黒い瘴気を「浄化」してみせたのだ。魔物にとってヘルミーナは、最大の天敵になるだろう。

「メアリは治った方の介抱《かいほう》を。カイザー様は私の手伝いをお願いします」

「任せてくれ」

1人を治癒し終えたヘルミーナは指示を出すと、すぐに次の村人の元へ行った。

遅れるほど、魔力を使わなければいけなくなる。

『魔喰い』による瘴気の毒を消滅させるのは、怪我を治すのとはまるで違った。

戻ってこないランスとリックも心配だが、ランスにはいざという時のためにお守りを渡している。彼らならきっと大丈夫だ。

ヘルミーナは折れそうになる気持ちを奮い立たせ、さらに村人の治癒に専念した。

◆◇◆◇◆

魔物のランクには基準がある。

闇魔法の魔力量、攻撃力、素早さ、そして知性だ。普段、考えなしに村を襲う魔物は下級のものが多い。考えて行動できず、人から魔力を奪う能力も備わっていない。

だが、上位の魔物となれば別だ。下級の魔物とは天と地ほどの力の差がある。

左右から挟み込むようにしてランスとリックが剣を振り抜いたが、鎧を纏った魔物は闇魔法で攻撃を防いだ。その場から一歩も動くことなく。

「くそっ！」

火魔法を制限され、闇魔法を使いこなす魔物に、ランスとリックは苦戦を強いられていた。人語《じんご》を理解し、話すこともできる知能の高い魔物だ。学習能力も高く、単調な攻撃はすぐにかわされてしまう。

上位種の魔物が生まれるには、二通りがあると言われている。

人間を数えきれないほど殺した魔物か、生まれながらにして魔物の長である存在だ。後者は最初から、備わる魔力も能力も桁違《けたちが》いだ。騎士が束になっても勝てるかどうか分からない。

剣に炎を纏わせて2人は鎧の魔物に攻撃を仕掛けるが、闇魔法とぶつかるたびに相殺《そうさい》されてしまう。おかげで、じわじわと魔力が削られていった。

第一騎士団に所属していたが、上位の魔物と出くわすのはこれが初めてだ。

「ランス、ここは一旦引くしか……っ」

「りょーかいっ！　うちの団長と戦ってるみたいだ！」

魔物を前にして逃げ帰るのは癪《しゃく》だが、敵の情報を持ち帰ることも重要だ。仲間の命を救うことにも繋がる。この魔物は間違いなく、騎士団にとって脅威になる存在だ。

リックが合図するように頷くと、ランスは鎧の魔物に向かって火を放った。同時に、リックは天井に向けて剣を振り上げた。

「崩れる前に脱出するぞ！」

洞窟の天井が音を立てて崩れ始める。２人は松明を持って出口へ走り出した。

カイザーの元に戻って、一度形勢を立て直す必要がある。幸い第二騎士団も近くにいる。勝機はあるはずだ。

しかし、走る２人の行く手を阻むように鎧の魔物が現れた。

『嫌ナ気配ガスル』

背後にいたはずなのに、現れたのは確かに先程のあの魔物だ。

「な……っ⁉」

「なんで、お前がここに……っ」

天井まで届きそうに巨大化し、静かに見下ろしてくる鎧の魔物に寒気が走った。

だが、そんな鎧の魔物にも、微かに焦りの色が滲んで見える。先程とは違い何かを探っている様子だ。鎧の魔物はランスを見るなり、口を開いて言った。

『オ前ダ！　オ前カラ――！』

鎧の魔物が叫ぶと、洞窟に地響きがし、地面が揺れて足元がぐらついた。瞬間、無数の黒い刃が放たれた。

「ぐっ……！」

「ランスっ！」

黒い刃はランスだけを襲った。ランスは剣を振り抜いて、飛んでくる刃を払い落とす。リックも応戦するが、今度は天井の岩が崩れ落ちてきた。

２人は互いの名を叫んだが、声は崩れる音に掻き消され、砂埃《すなぼこり》の中へと消えていった。


――――ポタ、ポタ……。

頬に水滴が当たってランスは気づいた。刹那、全身に鋭い痛みが走る。

「…………痛ッ、一体何が……？」

ランスは掌に魔力を集中させて火を灯した。洞窟のあちこちが崩れて、周囲には大きな岩石がごろごろ転がっている。痛みからして肋骨《ろっこつ》の数本は折れているだろう。

痛みよりも目の前を覆う影に気づいて、ランスは目を見開いた。

「――…………リック？」

「……くっ、……俺の周りは問題児ばかりで、世話が焼ける……」

ランスに覆い被さるようにして両手をついたリックは、乾いた笑いを漏らした。

数本の黒い刃がリックの腹部を貫《つらぬ》き、ランスの目の前まで迫る先端から鮮血が滴り落ちてくる。濡れた頬に触れれば、ぬるりとした感触があった。

崩れる岩をすり抜けるようにして襲った刃から、リックが身を挺《てい》して守ってくれたのだ。

赤い団服が真っ赤な血に染まっていく光景に、ランスは顔を強張らせた。

なんで、どうして……。

痛みに呻くリックに、血で汚れた手を伸ばす。

「なに、して……おい、リック……？　――リック……っ！」

閉ざされた洞窟の中、ランスの叫び声が響き渡った。

『そういえば、これ。積み荷に戻すの忘れてたからミーナちゃんに渡しておくね』

『やはり青い瓶だと警戒されますね。中身の見える瓶にした方がよかったでしょうか？』

『でも、それはそれでランプの魔道具だと勘違いされるんじゃないかな～』

『……ランスに相談したのが間違いでした。それはランスが持っていてください。多めに準備してきたので、１本ぐらい減っても平気です』

『結構真剣に答えたつもりだったんだけどなぁ。……じゃあ遠慮なく、お守りってことで』

血を滴らせた黒い刃を前に、ランスは走馬灯のように流れた記憶にハッとした。ケーズ村に到着してからすぐのやり取りだった気がする。

こんな状況だからこそ、思い出さずにはいられなかったのかもしれない。

その時、リックの腹部に突き刺さった刃が、黒い煙を巻いて消えていった。

「がは……っ」

「……の、バカ野郎！　リック、おいっ」

深手《ふかで》を負ったリックは血を吐いて上体を崩した。倒れ込んでくるリックを受け止めようとすると、彼は片手をついて自身を支えた。洞窟の崩落で酷い怪我を負ったのはランスも一緒だ。普段ならこんなことで怪我を負わなかったのに。戦闘で魔力を奪われていたことに早く気づくべきだった。

悔しさを滲ませたランスはポケットに手を入れ、ヘルミーナに返しそびれた青い瓶を取り出した。

「リック、すぐにこれ飲め！　ミーナちゃんが作った魔法水だ！」

「は……っ、くっ……これ、が、言っていた、お守りか……」

ヘルミーナから持っていろと言われなければ、青い瓶は今手元になかった。ランスは迷わずそれをリックに差し出した。

今すぐに治癒が必要なのはリックの方だ。彼が意識を保っていられるのもあと僅かだろう。血を流しすぎている。だがこれを飲めば、怪我は一瞬にして完治するはずだ。

しかし、リックはランスの手ごと青い瓶を握りしめると、首を振った。

なんで……と言いかけた瞬間、壁の一部が激しい音を立てて崩れた。

『光ノ神ト同ジ臭イダ』

外から光が差し込んだのも束の間、黒い瘴気を纏った鎧の魔物が現れた。

ランスはリックの肩越しからその姿を確かめた。

無傷の魔物は倒れ込んでいるリックとランスを見つけると、右手を上げて無数の黒い刃を出現させた。先程とは比べものにならない強い殺気に、全身の毛が逆立つ。

するとリックはランスの耳元に顔を寄せて口を開いた。

「いいか、ランス……一度きりだ。――残りの魔力を込めろ」

「なに、を……いや、ダメだ……っ、それはお前が！」

お前が飲まなくてはいけないのに。

リックは青い瓶を掴むと、鎧の魔物に向かって投げ、声を張り上げた。

「思いっきりぶっ放せ……っ！」

「――くそっ！　あとで覚えてろよ、リック……っ！」

胸の痛みを堪えて上体を起こしたランスは、右手を突き出してありったけの火魔法を鎧の魔物に向けて放った。渦を巻いた炎が青い瓶をも飲み込んで洞窟内を赤く照らす。

鎧の魔物は闇魔法で防ぐが、炎に隠された青い瓶が砕けた瞬間、目が眩《くら》むほどの閃光《せんこう》が走った。暗闇を覆い尽くすほどの白い光だ。

神聖魔法で作られた魔法水を浴びた鎧の魔物は、炎の中で断末魔《だんまつま》の叫びを上げた。そして、鎧の魔物を喰らった炎は、そのまま洞窟の壁を吹き飛ばした。

闇魔法を打ち砕くのは、いつの時も光魔法だ。

数百年、その力を拝《おが》むことはできなかったが、今の時代に覚醒した者がいる。彼女の護衛としてついてきたはずなのに、こうして守られる側になるとは思いもしなかった。

「は、っ、はぁ……やった、か」

最後の魔力を使いきったランスは、荒い息を吐きながら太陽光が差す景色に目を細めた。

しかし、体に寄りかかるリックの重みを感じて、すぐに意識を切り替えた。

「……リック？　おい、リック⁉」

ランスはリックの頬を数回叩いたが、反応はなかった。体温も失われつつある。ひとまずマントで止血を行ったが予想以上に危険な状態に、ランスは歯を食いしばってリックを背負った。

きっとヘルミーナのいる小屋まで戻れば大丈夫だ。ランスは焦げた洞窟から抜け出し、痛みを堪えながら来た道を戻ろうとした。

だが、森に足を踏み入れようとした時、ランスを止めたのはリックだった。

「ランス、待ってくれ。頼む……」

「……リック？」

声がして立ち止まったランスは、背中から下りようとするリックを腕で支えた。

外に出ると、リックの腹部から流れ出る血がよりはっきり見て取れる。

急がなければ命を落としかねない。神聖魔法は怪我人や病人を治せても、死者までは蘇生《そせい》できないのだ。

それでも、リックは地面に両膝をつき、懇願するようにランスの腕にしがみついた。

「……俺を、このままにしてくれ」

「何、言って……。今からミーナちゃんのところに行けば、まだ間に合うだろっ！」

「お前だって小屋の中の人を見ただろ？　ヘルミーナ様は、彼らを放っておけないはずだ。……全員に治癒を施せば、彼女の魔力は尽きてしまう」

ヘルミーナの護衛を最初に任された2人だからこそ、彼女の性格や行動を誰よりも知っている。自分を犠牲にしても他人を助ける性格だ。

小屋に横たわった罪のない村人に、ヘルミーナが何もせずにいるわけがない。それはランスも分かっていた。彼女の魔力が、底をついてしまうのも……。

だからといって納得できるものではない。リックはランスと同じ火属性の一族で、同時期に騎士となり、第一騎士団に配属されたのもほぼ一緒だ。今は家族よりもランスを理解し、互いの背中を合わせて魔物を討伐できる間柄だ。

その仲間の、親友の死を受け入れるなど、簡単にはできなかった。

「彼女を、困らせたくない。それに……私は騎士だから。自分の最期《さいご》ぐらい、分かる」

なのに、リックは満足そうに笑った。

ランスは力なく倒れ込むリックを抱きとめ、地面に膝をついた。

仲間の死を見送ったのはこれが初めてではない。けれど、これまでは受け入れることができたのに、両腕に抱えた友の死だけは耐え難かった。

ランスは震える唇を何度も噛んでは嗚咽を漏らした。そして、視界が滲んでいくのを堪えるように青空を見上げた。

「リック……っ、悪い…………許してくれ……っ」

◆◇◆◇◆

「あと、1人……」

持っていた魔法水と魔法石はとうに使い切ってしまった。ヘルミーナは自身の魔力だけを頼りに、神聖魔法を使った。魔力がごっそり抜けていくのが分かる。

それでも最後まで集中を切らすことなく、治癒に当たることができた。騎士団の病室で経験を積んだおかげだ。

最後は若い男性だった。こんなところで死を迎えるには早すぎる年齢だ。治癒によって元の姿を取り戻した男性に、ヘルミーナは安堵の息をついた。すると、視界が揺らいで体が傾いた。

「ミーナ嬢っ！」

男性の皮膚に瘴気が残っていないか確認したカイザーは、倒れそうになるヘルミーナに気づいて腕を掴んでくれた。

魔力の使いすぎだ。

しかし、全員を治癒し終えたヘルミーナは、両手を握りしめて達成感に満たされた。

神聖魔法で、名も知らない村人を危機から救うことができた。役に立てたのだ。

魔力は尽きても、今は誇らしい気持ちになった。

ヘルミーナは心配するカイザーに笑いかけた――が、喜びに浸る間もなく、森の奥から激しい爆発音が聞こえてきた。

羽根を休めていた鳥が木々から一斉に飛び立ち、辺りに激震が走った。

「一体何が……っ」

「メアリ！　ミーナ嬢を頼む！」

すぐに何かを察知したカイザーが、メアリにヘルミーナを任せると、森に向かって駆け出した。

嫌な予感がした。剣を抜いて炎を纏わせるカイザーに、魔物の脅威が迫っているのだと知らされる。

その時、黒い瘴気を纏わせた魔物が森から現れた。鎧を身につけた魔物だった。だがその魔物は全身傷だらけで、立っているのもやっとだった。

『見ツケタゾ……光ノ代行者ァ！』

魔物のしゃがれた声に背筋が凍りつく。

その魔物はヘルミーナに向かって人差し指を持ち上げてきた。騎士団の練武場で見た魔物とは全然違う。人語を話す魔物を見て、今までにない恐怖に身震いした。

と、鎧の魔物が次の動作を取ろうとした瞬間、ぼとりと黒い塊が落ちた。それが魔物の腕だと分かった時には、カイザーの振り下ろした剣が魔物の胴体を真っ二つにしていた。

「彼女には近づかせない、散れ」

誰1人として目で追える者はいなかった。

鎧の魔物ですら、事態に気づいていなかった。刹那、鎧の魔物が炎に飲み込まれていった。

『西へ……行カナ、ケレバ……』

鎧の魔物が死の間際に不気味な言葉を放ったが、それも炎に包まれて掻き消された。カイザーは魔物の消滅を確認したが、表情から険しさが消えることはなかった。

「ヘルミーナ様、大丈夫ですか？」

「ええ、……今の魔物は……」

メアリに支えられ、なんとか意識を保っていたヘルミーナは震える声で訊ねた。けれど、メアリもまた人語を話す魔物に出くわしたのは初めてのようだ。

あの魔物の声が耳に焼きついて離れない。

その時、また森から草を踏む音がして3人は過剰に反応した。視線をやった先に覚えのある赤い団服を見つけて、強張った肩から力を抜く。けれど、いつもと違う彼の様子に気づいた。

「……ランス？」

満身創痍《まんしんそうい》で戻ってきたランスと、彼に背負われたリックを見て、カイザーとメアリが慌てて駆け寄っていく。

しかし、ヘルミーナだけはその場から動けなかった。

早く行かなければいけないのに、なぜか体が動かず、声も出てこない。

「……あ、……っ……」

カイザーの声と、メアリの悲鳴が聞こえてくる中、ヘルミーナは絶望と無力感で立ち上がることすらできなかったのだ。

王都から中央のレイブロン領を抜けた、ウォルバート領とセンブルク領の境。各領地の入口となる街は、多くの人が行き交う場所だけにしっかり整備され、賑やかで治安もいい。

王国騎士団が現れると、その行進を一目見ようと沿道にはさらに大勢の民が詰めかけた。中でも騎士団を率いるマティアスに、一際《ひときわ》大きな歓声が上がった。

第一騎士団の団長、西の国境を守りし風の民、ラゴル侯爵家の次期当主——といった肩書きはもちろんのこと、騎士としての名声も広く轟《とどろ》いているからだ。一度目にしたら忘れられない眉目秀麗《びもくしゅうれい》な外見も、本人の知らぬところで広まっていた。

しかし、共についてきた騎士たちの表情は一様《いちよう》に固かった。

彼以外の第一騎士団は王族の警護で王城に残った。つまり、普段はマティアスの指揮下にいない騎士団がついてきたのだ。中には、今回が初めての遠征となる新人の騎士たちもいた。

彼らの目的は民の関心を引き寄せることにあった。とはいえ、任務も怠ってはいない。

ここへ到着する前に魔物と一戦交えている。あれを戦いと呼ぶならそうなのだろう。だが、実際はマティアスが魔物の気配を察知し、たった1人で片付けてしまった。

他の騎士が駆けつけた時にはすでに、魔物は原型を留めておらず、黒い煙を上げて消滅していた。魔物が人間を襲っても、ここまで壮絶な光景にはならないだろう。

返り血を浴びても、生来の美しさを失わないマティアスの姿に、騎士たちはゾッとした。一歩でも近づいたらこちらの首まで撥ねられそうで恐ろしくなる。

第一騎士団に憧れ、期待に胸を膨《ふく》らませていた新人騎士は、一瞬にして現実を思い知らされた。

遠征の見送りで、労いの言葉をかけてきたのは、そういうことか。それと同時に、騎士団内で第一騎士団の騎士たちに同情の声が集まる理由も理解した。

「西の森から逃れた魔物がここまで来ているとは。城壁の守備をさらに強化する必要があるな」

「噂では魔物の力が強まっていると……」

センブルク領地に入って間もなく。被害を受けた村に到着すると、騎士たちは休息も取らずに討伐へ出向いた。魔物は下級クラスだったが、数が多かった。

一緒に来た第六騎士団の団長が、恐る恐るマティアスに討伐完了の報告をする。魔物を一掃したというのに、ピリッとした空気が張り詰めていた。無駄口を叩く者は1人としていない。

「それでも我々の任務に変わりはない。魔物の殲滅《せんめつ》だけを考えろ」

感情を顔に出す男ではないが、エメラルドグリーンの瞳には怒りに似た感情が宿っていた。

──客寄せの道具として扱われたからではない。

マティアスの怒りがどこから来ているのか、皆知っていた。知っていて、何も言えなかった。

カレント行きから漏れたことを、彼もまた悔しがっているなんて。魔物の討伐でその鬱憤《うっぷん》を晴らしているなんて。意外に子供じみたところがあると、からかう者は誰もいない。ただ、八つ当たりされている魔物には少しだけ同情する。

そして、マティアスが味方であることに深く感謝した。

西の城壁を守護してきたラゴルに、手を出す愚か者はいなかった。王権を揺るがすほどの軍事力を持ち、それ故に反逆の噂も絶えなかったが、王室が彼らに剣を向けることはなかった。

絶対に敵対してはいけない相手だということを、多くの者たちが知っていたからだ。

とくに彼らの強さを間近で見てきた騎士たちは、この先もラゴルの者たちの目が、魔物の住む『黒煙の森』にだけ向いていることを祈るばかりだった。

そうとは知らず、マティアスは緑色の髪を靡かせ、血のついた剣を払って鞘に納めた。

王太子ルドルフの人選に不満はない。適材適所と納得している。だが、それと自分の気持ちは別だ。

マティアスもまた、ヘルミーナの護衛としてついていきたかった。近くにいなければ、守れるものも守れない。

手の届く範囲に彼女がいないだけで不安になってくる。覚えのない感情に振り回され、らしくないという自覚もある。

それでも願わずにはいられないのだ。

「――光の神エルネスの加護が、あの方にも届いていますように」

彼女が無事であるように。

マティアスは頬を撫ぜる風に言《こと》の葉を乗せ、遠く離れた地に思いを馳せた。

◆◇◆◇◆

初めて社交界に足を踏み入れた時、世間から見放されたような気がした。

味方は婚約者だけで、誰からも背を向けられたように感じた。けれど、実際は限られた空間の中で、目に映る範囲しか捉えていなかった。

知らなかった場所に飛び込んでみると、景色ががらりと変わった。自分を取り巻く環境や人間関係、思考、それら全て。視野が広がって、それまでと違う世界が迎え入れてくれた。

でも、それは光属性という魔力を覚醒させたからだ。もしこの力が目覚めなかったら、今も狭い空間でもがき苦しんでいただろう。婚約者のお荷物から抜け出せずにいたはずだ。

それでは、この力が及ばなくなったら……？

唯一の救いである魔法が役に立たなくなった時、自分を受け入れてくれた場所は、今までと変わらないでいてくれるだろうか――。

「お兄様……っ！」

森から戻ってきたランスが地面に倒れ込むのが見えた。

男を追いかけていったはずなのに、一体何があったのか。先程の魔物と関係があるのだろうか。訊ねたいことが色々あったのに、ランスに背負われたリックの姿を見て言葉を失った。

駆け寄ったカイザーがリックを抱え起こした時、団服にべったりとついた血にメアリが悲鳴を上げた。

リックの腹部から流れた血で団服は赤黒く染まっていた。近づいたメアリは変わり果てた兄の姿が信じられない様子で、真っ青なリックの頬に触れた。

「どう、して……お兄様……っ!?　――お兄様っ！」

いくら呼んでも、叫んでも、リックから返事はなかった。少し前まで、カイザーと共に先頭を歩いてくれていたのに。

カイザーは意識のない部下の肩を強く握りしめ、名前を呼んだ。

「俺のせいなんだ……。リックが、俺を庇って……っ」

自身も傷だらけでボロボロのランスが、両膝をついて喘《あえ》ぐように言ってきた。その顔には不甲斐ない自分への悔しさが滲み出ている。

「…………リック？」

動けずにいたヘルミーナだったが、無意識のうちに彼らの元へ向かっていた。両手をついて地面を這《は》い、力の入らない足で立ち上がり、何度も転びそうになりながら近づいた。

そして、地面に仰向けに寝かせられたリックを見て愕然《がくぜん》とした。

「……ヘルミーナ様っ」

泣きじゃくるメアリの隣に膝をつき、ヘルミーナは震える手をリックに伸ばした。

──早く、助けなければ。

彼の命が尽きる前に魔法をかければ、こんな怪我などすぐに治癒できる。

なのに、ヘルミーナは魔力を込めることができなかった。

その時、ランスがヘルミーナに向かって頭を下げた。

「リックが、自分の命が尽きてから連れていってくれと……！　ミーナちゃんの手を煩わせたくないからって、言ったのに……！　でも俺は……っ、騎士の俺がこんなこと頼むのは、間違っているとは分かってる……！　けど、もしまだ可能なら、リックを……リックを治してくれ……頼む……っ！」

額を地面に擦りつけながら頼んでくるランスに、ヘルミーナの頭の中は真っ白になった。

リックは知っていたのだろう。ヘルミーナが村人を助けることも、それによって魔力が尽きることも。

テイト伯爵家で護衛をしていた時も、随分周囲に気を配ってくれた。兄弟の多い長男だからだろうか。苦労を背負い込むような性格だった。でも、信念を曲げることなく真っ直ぐに生きる騎士だった。ランスを庇って怪我をしたのも彼らしい。

ヘルミーナは唇を噛んで、込み上がる感情を堪えた。誰もがリックの無事を願っている。

自分だってリックを、友を失いたくはない。

……分かっている。分かっているのだ。

けれど、いくら両手を翳しても魔力は放出されなかった。

「……っ、く……うぅ」

次第に目の前が霞《かす》んで、リックの姿が捉えられなくなる。

――どうして。

なぜこんな時に限って魔力が枯渇してしまったのか。

助けなければいけないのに。

魔力を込めると、心臓が圧迫されて呼吸できなくなった。全身に寒気が走り、額に汗が滲む。

「……もういい、やめてくれ、魔力を完全に失えば、ミーナ嬢の命まで尽きてしまう……っ」

命を削ってまで魔力を込めようとするヘルミーナの手を、カイザーが掴んできた。握られた手は指先まで冷たくなっていた。

ヘルミーナはわなわな震えながら、視線を上げた。すると、悔しさに耐えるようなカイザーと、絶望の色を浮かべるメアリとランスの顔が目に映った。

「でも、それではリックが……っ」

……死んでしまうではないか。

言葉にはできなかった。けれど、ヘルミーナの魔力が尽きてしまった以上、他にリックを治癒する方法はなかった。予備の魔法水を持った第二騎士団を待っていては間に合わない。

カイザーがその場から動かずにいるのは、すでに分かっているのだ。ランスも、メアリも。

「……い、や……です、こんな……っ。私が、もっと……」

ただ、ヘルミーナだけは受け止めきれず首を振った。

自分にもっと力があれば。

光属性の魔力が覚醒したところで、必要な時に使えなければなんの意味もない。目の前で友が死にかけているのに、ただ見守ることしかできないなんて。

けれど、魔法を繰り出そうとしても、カイザーがそれを許さなかった。

騎士たちはこんな経験を何度もしてきたのだろう。

死にかけた仲間に何もしてやれず、身が引き裂かれる思いだ。嗚咽を漏らすたびに息が詰まり、膨れ上がっていく悲しみに、もうやめてと泣き叫びたくなる。

「あ、……ぁ、っ、リック、リック……！」

こんな時、名前を呼ぶことしかできない自分が歯痒い。

泣いて、見送ることしかできない。そして最後は、光の神に祈るしかないのだ。

彼を連れていかないでほしい――、と。

いくつもの涙が頬を伝い落ちた時――柔らかな風が吹き抜けた。

涙で濡れた頬を優しく撫でられた気がして、ヘルミーナは顔を上げた。刹那、カイザーの手が離れ、ヘルミーナは自身の顔に触れた。

それから意図せず胸元に手を下ろした時、冷たいものが素肌《すはだ》に触れた。

「……ラゴルの、守り石」

ヘルミーナは咄嗟に外套を脱ぎ捨て、首に掛けていたペンダントを外した。

それは旅立つ直前に、マティアスから無事を願って渡されたものだ。風の民に代々受け継がれてきたお守りで、聖女の魔力が込められた魔法石がついている。

効果はすでに失われていると言われたが、ヘルミーナはそれを左の掌に巻きつけてリックに翳した。魔力がなくなっているはずなのに、魔法石はまだ白いままだ。

――どうか、聖女様……！

ヘルミーナは心の中で強く願った。

ほんの少しでいい。命を繋ぎ止めておけるなら。

「リックを……っ、私の友を助ける力をお貸しください！」

体内に魔力を巡らせると胸が締めつけられた。頭が割れるように痛くなって、体中が悲鳴を上げる。

けれど、ヘルミーナは魔法石を通して神聖魔法を放った。

その時、体内の奥底に眠っていたものが、弾け飛ぶように一気に溢れ出した。

瞬間、バチバチと火花を散らした魔法石が眩《まばゆ》い光を放ち、白い蔦が波打つようにヘルミーナの体に絡みついた。

「――……っ！」

これまで感じたことのない魔力が全身を巡る。体を起こしていられないほどの力に、ヘルミーナはぐっと堪えて魔法を放ち続けた。

すると、水色だった髪と瞳は輝く黄金色に変わり、ヘルミーナに変化をもたらした。第二次覚醒が起きたことは明らかだ。

「――リック！　貴方を失ったら、誰が私を咎め、叱ってくれるというのですか⁉」

だが、ヘルミーナは自身の変化に気づかなかった。彼女の目には救うべき友の姿しか見えて

いなかったのだ。

さらに魔力を込めると、力に耐えきれなくなった魔法石が音を立てて割れた。

石が粉々に砕けた時、リックの瞼《まぶた》と唇が微かに動いた。

「…………ヘルミーナ様には、いつも驚かされる……」

やや呆れたような、それでいて優しい声が聞こえた瞬間、誰もが声を詰まらせた。

青褪めていた顔色に血の気が戻り、ゆっくりと目を開いたリックは、申し訳なさそうな笑みを浮かべた。

――ああ、いつものリックだ。

ヘルミーナは唇を震わせながら、「今回は、貴方の……っ、リックのせいではありませんかっ！」と、声を張り上げていた。

「お兄様っ！」

息を吹き返したリックに、メアリは全力で抱きついていた。泣きじゃくるメアリの頭を引き寄せ、リックは何かを実感するように瞼を強く閉じた。カイザーは驚きを隠そうともせず、ランスはうずくまって嗚咽を漏らしていた。

……生きていてくれた。

大切な仲間を、友を、失わずに済んだ。

ヘルミーナの心は喜びで打ち震えた。抱き合う兄妹を、自分も両手を広げて抱きしめた。両腕から伝わる確かな温もりに思わず破顔する。

その直後、視界が揺らいだ。おかしいな、と思った時には目の前が暗転していた。

「ミーナ嬢っ！」

遠のいていく意識の中、カイザーの声が聞こえたような気がする。けれど、ヘルミーナの記憶はそこで途切れた。

穏やかな風が金色の髪を揺らしても、ヘルミーナがすぐに目を覚ますことはなかった。

間もなく第二騎士団が小屋に駆けつけた。

彼らが全てを把握するのは難しいだろう。だが、事実は包み隠さず共有され、それは当然王室にも伝えられた。

気を失ったヘルミーナはカイザーに抱えられ、彼らを乗せた馬車は人知れず、静かに王城へと戻っていった。

一方、彼らが去っていったケーズ村では、後世まで語り継がれる奇跡の物語が生まれた。それからほどなくして、光属性の噂が国中に広がっていくことになった――。

外伝　臆病者と聖女の守り石

騎士団内には彼らだけが使う用語がいくつか存在する。

その中に、たった1人の騎士によって作られた言葉があった。「森の掃除」と呼ばれたそれは、精鋭揃いの第一騎士団が派遣された時のみ使われる。森に住み着いた魔物の討伐を示し、その言葉を聞くと騎士は一様に表情を曇らせた。

「はぁ……魔物より恐ろしいっすわ」

生い茂る森の中、轟音《ごうおん》と共に空まで伸びた風の渦を離れた場所から眺めていた騎士たちは、あまりの凄さに言葉をなくしていた。

一角を支配していた風がやむと、鮮血の雨と魔物の死骸《しがい》が頭上から降ってきた。直後、第一騎士団の団長――マティアスが姿を現す。足元には激しく切り刻まれた魔物の死骸が転がっていた。

ゾッとする凄惨な光景に、騎士たちは思わず視線を背けてしまう。

魔物が黒い煙を上げて消滅していく中、普段と変わらない様子で近づいてくるマティアスに、騎士たちは自然と背筋を伸ばした。

圧倒的な力の差を見せられるのは、これが初めてではない。けれど、マティアスから溢れる魔気《オーラ》に威圧される。

「マティアス団長は魔物が恐ろしくないのか？」

「それはないだろ。団長は騎士である前に風の民だ」

同じ騎士でも畏怖《いふ》の象徴として近寄り難い存在だが、マティアスが団長の座に就いてから命を落とした騎士はいない。どんな魔物であっても一切の妥協を許さない彼の信念があるからだ。

しかし、彼らは知らない。

西の国境を守り、戦闘部族とまで言われた「風の民」の正統後継者であるマティアス・ド・ラゴル。

彼は子供の頃、でき損ないの臆病者と呼ばれていた……。

◆◇◆◇◆

ラゴル領、城壁都市バラエタ。

黒い瘴気に覆われた『黒煙の森』に接した国境では、長い城壁が築かれ、魔物の侵入を防いできた。危険と隣り合わせの領地には、各地から賞金目当ての冒険者や傭兵《ようへい》が集まり、１つの大都市が造られた。他所ではならず者として扱われてきた者も多く暮らすバラエタは、けれど治安は首都と比べても悪くない。

ここでは身分はないに等しいが、絶対的な権力は存在する。それが古くから魔物と対峙してきた部族、風の民だ。

彼らが守護する城壁内では、誰もが秩序を保って従う。他に行く場所がない者たちがここで生きていくためには、従うしかないのだ。命が惜しければ。

「あいつはまた逃げ出したのか……」

城壁都市を象徴するのは、黒煙の森を睥睨《へいげい》するように築城された難攻不落の石造城塞《じょうさい》だ。

城主は風の民の長である、ラゴル侯爵その人だ。外から差し込む朝日で姿を拝むことはできなかったが、深緑のマントに描かれた紋章は紛れもなく偉大な一族である証だ。風の民の血を引き、一族に認められた戦士だけが特別に纏うことができるマントだ。

「兄上……掟《おきて》とはいえ、あの子を魔物の住処へ行かせるのは延期された方が宜しいのではないでしょうか」

「それでは他の者たちに示しがつかない。風の民の次期当主になる者が、魔物に怯え、剣術や魔法の訓練に参加せず部屋に閉じこもっているなどっ！」

鋭い声が飛ぶと空気が震えた。僅か３つ違いの兄であっても、圧倒的な力の差に冷や汗が流れる。それでも弟は風の民を纏める副官として、当主への助言をやめなかった。

「ですが、たった1人の後継者ではありませんか。幼い頃に受けた心の傷が思った以上に深いのです」

「ここでは誰が命を落としても不思議ではない。最強と呼ばれた私たちの父でさえ一瞬にして魔物に喰われた。……我が妻も。明日は私の番かもしれない。だからこそ、マティアスには一刻も早く成長してもらわねばならないのだ」

厳格な言葉の裏に、父としての本音を漏らす彼に、それ以上話を続けることができなかった。するど、ラゴル侯爵は深い溜め息をつき、静かに言葉を紡《つむ》いだ。

「決まりは決まりだ。あとは聖女様のご加護を祈るしかない――」


ラゴル領の城塞内は入り組んでいて、全てを把握している者は少ない。隠し部屋や通路を知っているのはラゴル侯爵家の直系のみだ。

「マティ、ここにいたのか。随分探し回ったよ」

「……叔父上」

ヨルク・ド・ラゴルは、隠し部屋の中でも古びた玩具《がんぐ》の物置きとなっている場所で、10歳になる甥を見つけることができた。

「さあ出てきてくれ。それとも私の魔法で引っ張り出した方が早いかな？」

埃を被った玩具は昔、ラゴル侯爵家の先代たちが使っていたものだ。大半は子供用の武器や防具ばかりで、ぬいぐるみなどの可愛い玩具はない。

ヨルクが片手を差し出すと、玩具に埋もれるようにして隠れていた甥が観念した様子で出てきた。蜘蛛《くも》の巣を被った薄緑色の髪。新緑より鮮やかなエメラルドグリーンの瞳は今にも雨が降りそうだ。

「気配を消すのが上手くなったね。いよいよ見つけるのが難しくなりそうだ」

泣き出しそうな甥を抱き上げ、汚れを払い落とす。親子ほど年の離れた2人だが、兄弟に間違われることも多かった。

人目を惹く容姿は、代々引き継がれてきたもので、神の恩恵と言う者までいる。

「また訓練から逃げ出したって、当主様が魔王のごとく怒っていたよ」

甥を抱いたまま隠し部屋をあとにしたヨルクは、人目を避けながら練武場とは正反対の廊下を歩き出した。それに安堵したのか、甥はヨルクの首に腕を回した。

「……だって訓練を続けたら、試練を受けなきゃいけないでしょ？　僕には魔物がいる森に行くなんて無理だ……」

「マティ……」

小さな温もりが伝わるのと同時に、言いようのない罪悪感で胸が締めつけられる。

生まれた時からその成長を間近で見守ってきた甥は我が子も同然だ。それだけに、唯一の後継者であるにもかかわらず孤立してしまっている甥を、放ってはおけなかった。

「掟じゃなくても、剣術と魔法の訓練はいずれお前の役に立つ。習っておいて損はないよ」

ここは臆病者やお荷物に居場所が与えられるほど優しい場所ではない。西の城壁が破られれば、王国は瞬く間に魔物に蹂躙《じゅうりん》されてしまう。生き延びるためには幼子《おさなご》でも剣を取り、魔法の腕を磨かなければいけなかった。

ヨルクは丸まった甥の背中を撫で、優しく言い聞かせた。だが、甥は口を尖らせて不満を漏らす。

「――どうして僕なの？　僕じゃなくても後継者なんて他に探せばいいのに。叔父上にも息子がいるし、父上の息子でなければいけないというなら僕以外の子供を作ればいいんだ」

誰かが聞いていたら大事になりかねない言葉に、ヨルクは人気のない廊下で立ち止まった。

「いいか、マティアス。そんなこと他の者の前で言ってはいけないよ。お前は正統な後継者なんだ。いつか、お前が風の民を率いていかなければいけない」

唯一の後継者だからこそ、他のことには目を瞑っても、立場を放棄する発言だけは見過ごせなかった。魔力に関して言えば、甥の魔力はすでにヨルクを凌《しの》ぐ。生まれながらに当主の器であることは間違いない。

しかし、甥は全てから目を背けて、1日、1日をただ逃げ回っていた。大切な母親を最も残酷な形で失ってから。

「そんなの……僕は望んでない……」

甥のマティアスを抱いて部屋へ向かう途中、使用人や兵士とすれ違ったが、皆がみな頭を下げるのはヨルクであって、マティアスには冷ややかな視線が向けられた。ヒソヒソと聞こえてくる声もマティアスに対する陰口ばかりだ。

マティアスはラゴル侯爵家の、唯一の後継者だ。本来なら同年代の子供と混ざり、剣術や魔法の訓練を行うのが習わしだが、マティアスは一切の訓練を受けていない。

おかげで城内だけでなく、一族全体からマティアスの行動を問題視する声が上がっている。

このまま行くと後継者としての立場も危うくなる。

だから、マティアス本人が望まなくとも、ラゴル侯爵は掟を課すつもりなのだ。

強行されてしまえばヨルクも口を出せなくなる。掟が止められないのなら、マティアスに生き残るための術を叩き込まなければならない。時間がなかった。

「ごめんな……マティ」

それ以上に、幼い甥に謝ることしかできない自分が情けなくなった。

『……マティ……っ、……さい、逃げなさい……っ！』

2年前——西の城壁に魔物が押し寄せた。スタンピードと呼ばれる魔物の暴走は数十年に一度起こり、魔物の大群が大きな地鳴りと土埃を上げてバラエタに迫ってきた。

城壁では風の民の戦士を筆頭に多くの兵が駆り出されたが、3割近くが命を奪われた。

それには当主であり風の民の長であるラゴル侯爵の妻も名を連ねた。城壁から投げ出された息子を救うため、自ら盾となり、身を貫かれようが、腕や足を引き千切られて喰われようが、応援が駆けつけるまで守りきった。絶命するその瞬間まで……。

「やれやれ、命を投げ出してまで助けたっていうのに、肝心の息子があれじゃ奥様も浮かばれんな」

「ああ、全くだ。この際、ヨルク様のご子息を当主様の養子にして後継者にした方がいいんじゃないか？」

ラゴル侯爵夫人が命を落とした知らせは王国中に広まったが、バラエタでは死を悼《いた》んで話すことは禁じられた。だが、罰則のない決まり事など口約束でしかなかった。

どこへ行っても囁《ささや》かれる心ない声は、母を失って絶望するマティアスをさらに追い詰めた。

しかし、どんな状況であっても、生まれ持つ宿命から逃げることはできなかった。

その日は朝から珍しく、朝食の席に父であるラゴル侯爵が姿を見せた。親子揃って食事をするのは、母が亡くなってから初めてのことだった。

だが、マティアスは1人で食事をするよりずっと居心地が悪かった。食卓の雰囲気がいつもと違う。普段からマティアスを見下していた使用人も表情を固くしていた。

「マティアス、お前にはこれから黒煙の森に行ってもらう」

「——……っ！　父上、僕は……っ」

食事がある程度済んだ時、ラゴル侯爵は静かに切り出した。

マティアスは数日前から、ようやく叔父のヨルクから訓練を受け始めたばかりだ。魔物との戦い方も教わっていない。森での気配の消し方と、戦わずに逃げる方法だけだった。

だが、ラゴル侯爵は椅子から立ち上がり、マティアスの傍に立った。

「聖女様の守り石だ。きっとお前を守ってくださる」

そう言って渡されたのは、白い魔法石のついたペンダントだった。ラゴル侯爵家に代々引き継がれてきた聖女の守り石であることは、マティアスもよく知っていた。

本来なら成人した時に受け取るものだが、どうして今なのか。

マティアスは恐怖で震え上がり、転がるように椅子から下りて、父親の足に縋りついた。

「い、嫌だ……父上……っ、行きたくない！　魔物のところに行かせないでくださいっ！　お願いです、訓練もきちんと受けるから、僕を見捨てないで……っ！」

「――試練の地には矮小《わいしょう》な魔物しかいない。１日もあれば帰ってこられる場所だ。お前の無事を祈っている」

「待っ……、父上っ！」

無様《ぶざま》な姿を見せても、嘲笑う者はいなかった。使用人の目には憐《あわ》れみしかなかった。生きて戻ってくるなど、誰も思っていないようだった。

マティアスは涙で視界が滲み、呼吸さえままならなかった。

助けを求めたくても声が出てこない。けれど、どんなに泣いて喚いたところで、この掟を覆すことはできないことを理解していた。当主のラゴル侯爵であっても不可能だ。

マティアスは受け取った聖女の守り石を握りしめ、己の運命を呪った。


風の民の血を引く者は、10歳を迎えると黒煙の森にある試練の地へ赴き、自力で西の城壁まで戻ってこなければならない。

その際に持たされるのは、城壁まで導いてくれる羅針盤《らしんばん》だ。掌に収まる黄金色の魔道具は、方位を調べられ、１カ所だけ場所を登録することができる。決して迷うことはない。

武器や防具は自由だが、子供が持っていくには限界がある。せいぜい扱いやすい短剣か、軽い革鎧を身につけるぐらいだ。

この掟の本来の目的は、生き延びることではない。危機的状況に陥った時に起こる潜在魔力の覚醒だ。風の民の優れた戦闘力は、たぐい稀な運動神経と魔力量に裏打ちされていた。潜在的な魔力は底知れず、第二次覚醒をした風の民は、村1つを簡単に吹き飛ばせるようになると言われている。

そこで、覚醒する確率が最も高い10歳で試練が行われていた。覚醒すれば名声と地位が約束される。だが、その掟によって死ぬ子供はあとを絶たなかった。

黒い瘴気に覆われた黒煙の森――日中でも薄暗い森では、木や草が腐りかけ、強烈な異臭が漂っていた。風の流れもなく、あらゆる感覚が失われていきそうだ。

「……うう、っ、ひ、っく……」

一族の上層部によって無理やり試練の地に連れてこられたマティアスは、暫くその場に座り込んで、泣いていた。

泣いても状況が変わるわけではない。見渡しても助けてくれる者はなかった。暗い森に置き去りにされたことが怖くて、悔しくて、勝手に涙が溢れてきた。

その時、草むらがガサガサと揺れた。振り向くと、黒い毛に真っ赤な目をした魔鼠がいた。

「く、来るな……っ！」

泣き声に誘われてきたのだろう。魔鼠は周囲を警戒しながらマティアスに近づいてきた。ここには命を脅《おびや》かす魔物はいないと言われたが、小さくても魔物は魔物だ。

マティアスは持たされたナイフを両手で握りしめた。

刹那、魔鼠が飛びかかって右足に噛みついた。鋭い歯と爪が肉に食い込む。

「ぐあぁっ！　くっ……このっ！」

焼けるような痛みが体中を襲う。咄嗟にナイフを振り下ろして魔鼠を攻撃した。刃先が魔鼠の目を掠める。激しく威嚇《いかく》して離れた魔鼠は、再び飛びかかってこようとした。

「くそ……なんで、なんで……っ」

どうしてこんな目に遭わなければいけないのか。マティアスはナイフを持ちかえて、自ら魔鼠に襲いかかった。

こんなこと望んでなかったのに。しかし、殺さなければ殺されてしまう——母上のように。

短い刃が魔鼠の胴体を貫いた。か細い悲鳴を上げ、黒い煙を出して魔鼠は消滅した。

「……はぁ、は……っ」

生まれて初めて魔物を殺した。マティアスは気持ち悪くなって嘔吐した。ナイフを握りしめる手は震えていた。

だが、喜びや安堵に浸っている場合ではなかった。魔鼠は群れで行動する。近くの草が揺れ動くのを感じてマティアスは立ち上がった。ここにいてはいけない。本能がそうさせたのか分からないが、気づけばその場から逃げ出していた。

――マティアスは魔物に怯えていたわけではなかった。

あの日、魔物が西の城壁に押し寄せた時、怖くなって護衛や使用人の目を盗んで母親を探しに行ってしまった。

母親は城壁の上で勇敢に戦っていた。彼女もまた風の民の血を引く戦士だった。風魔法を舞うように扱い、魔物と対峙しているとは思えないほど美しかった。

その姿に気を取られ、空から迫る魔物に気づかなかった。黒い羽根とくちばしが視界を掠めた瞬間、浮遊感に襲われて、気づけば城壁から投げ出されていた。

悲鳴すら出せずに落ちていくと、母親の叫び声が聞こえた。次の瞬間、覚悟した衝撃は訪れず、力強い温もりが体を包み込んだ。

もう大丈夫と思った。体を覆う温もりが母親の血に代わるまでは。

突然現れた巨大な魔熊の鋭い爪が母親の腹部を貫き、次から次へとやってくる魔物が母親の肉体に群がった。それでも母親は、マティアスを守りながら逃げろと言ってきた。自分の体がどんな状況になっているか知っているはずなのに。

マティアスは駆けつけたヨルクたちによって救われたが、母親は命を落とした。

以来、魔物に近づけなくなった。風の民であり、後継者にもかかわらず、剣も魔法も使えない臆病者になっていた。

けれど一番怖かったのは、自分のせいで母親が死んだという事実だった。

無我夢中で暗い森の中を駆けたマティアスは、体力の限界を感じてようやく立ち止まった。近くにあった木の根元に座り、嗚咽を漏らした。群がる魔物に四肢《しし》を引き裂かれる母親を思い出すたびに、胃液がせり上がってくる。

一刻も早く城塞に戻りたい。臆病者と呼ばれても魔物と戦うなんて無理だ。そう思って無意識に羅針盤へ手を伸ばすと、非常食なども入った袋ごとなくなっていることに気づいた。

手元にあるのは小さなナイフと、父親から渡された聖女の守り石だけだった。これでは帰る道も分からない。

マティアスは膝の間に頭を下げて項垂れた。今になって、魔鼠に噛まれた右足が酷く痛み出した。血が滲んでズボンが赤く染まっていく。

その時ふと、このまま死んでしまおうかと思った。その方が一族は、後継者の問題で悩む必要がなくなる。

「────」

しかし、ナイフを首に押し当ててみたものの、力が入らなかった。──死にたくない。こんな暗い森の中で孤独に最期を迎えるのは、あまりに虚しい。自分の体を魔物に喰われるのも嫌だった。

マティアスはナイフを捨て、代わりに聖女の守り石を出した。

「光の神様の導きに、従います……」

最後は神に全てを委《ゆだ》ねた。マティアスは聖女の守り石を両手で握りしめて祈った。

すると、両手に確かな温もりを感じた。見下ろすと石が淡い光を放ち、不思議なことに右足の痛みがスーッと消えていった。

生きろ、と背中を押された気がした。それがただの妄想や幻覚であれ、今のマティアスには重要ではなかった。生きるか、死ぬかで、マティアスは生きることを選択したのだ。

マティアスは導かれるまま潤む目を擦り、静かに立ち上がった。直後、黒煙の森に小さな風が吹き抜けた。

「兄上、マティアスが戻らなくて今日で3日です！　今すぐ捜索隊を派遣すべきです！」

掟のため試練の地に連れていかれたマティアスが、戻らなくて3日が経っていた。

本来なら1日で帰ってこられる場所だ。この日のために試練の地付近の魔物は討伐されていた。残っているのは子供でも簡単に倒せる魔物ぐらいだ。

しかし、未だマティアスの帰還を告げる報告はなく、次第に諦めの空気が漂っていた。

ヨルクは焦りを滲ませてラゴル侯爵に詰め寄った。助けに行けば掟は失敗と見なされ、後継者としては致命的だ。それだけにどちらも動けずにいたが、その時だ。外が騒がしくなり、1人の兵士が駆け込んできた。

「当主様！　マティアス様がお戻りに……っ！」

それは待ちに待った知らせだった。

2人が城壁の歩廊《ほろう》に出ると、すでに多くの兵士たちが集まっていた。だが、彼らが向ける視線の先は試練の地とは真逆だった。見れば、ボロボロになった子供がゆっくりと歩いてくる。

「なぜ、あのような場所からっ！」

この3日間、大人でも1日と保たない黒煙の森で彷徨《さまよ》い続けていたというのか。

ラゴル侯爵とヨルクは開門の指示を出し、城壁から飛び降りた。

刹那、マティアスの背後に巨大な魔熊が現れた。ラゴル侯爵夫人を襲った魔熊と変わらない大きさだった。

「マティアス、危ないっ！」

ヨルクが危険を知らせ、ラゴル侯爵は剣を抜いていた。しかし、それより早く、襲ってくる魔熊を全く見ずに、マティアスは手にしたナイフを軽く振り下ろしていた。

瞬間、魔熊の首と胴体が離れていた。一瞬の出来事だった。大半の者は何が起きたのか分からず、目で追えていた者はその光景に恐怖を覚えたようだ。マティアスの放った風魔法はあまりに素早く、何より正確だった。

以前とは違う息子に、ラゴル侯爵は息を呑んだ。そして目の前に跪いた息子は、訓練から逃げ回るでき損ないでもなければ、魔物に怯える臆病者でもなかった。

「――ただいま戻りました、父上」

「ああ……っ、よく戻ってきてくれた、我が息子よ」

突然の成長に驚いたが、ラゴル侯爵は感極まって震える唇を噛んだ。掟から無事に戻ってきたマティアスに周囲から歓声が上がる。ヨルクは泣きながら、一気に英雄となったマティアスを抱き上げて喜んだ。

だが、彼らはのちに知ることになる。魔物に対して容赦のない、冷酷無比《れいこくむひ》の怪物を作ってしまったことを。

第二次覚醒をしたマティアスの魔力は歴代の長を凌駕《りょうが》していた。圧倒的な力を前に、彼の陰口を叩く者はいなくなり、後継者としてマティアス以外の名を挙げる者はなくなった。

そして、マティアスの名声は西の城壁のみならず王国中に轟き、後継者教育の一環で入団した王国騎士団で、さらに広がっていくことになる。

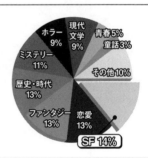

お飾り妻は
今の暮らしを
続けたい！
志波連
ill. ありおか
旦那様はどうぞお好きにお過ごしください。
運命は自分で切りひらきますので、
私のことはお構いなく！

逆行した悪役令嬢は、なぜか魔力を失ったので深窓の令嬢になります
コミカライズ企画進行中!
1～6
著†蒼伊
イラスト†RAHWIA
魔力がなくても精霊と一緒に未来を変えます!
魔力の高さから王太子の婚約者となるも、聖女の出現により
その座を奪われることを恐れたラシェル。
聖女に悪逆非道な行いをしたことで婚約破棄されて修道院送りとなり、
修道院へ向かう道中で賊に襲われてしまう。
死んだと思ったラシェルが目覚めると、なぜか３年前に戻っていた。
ほとんどの魔力を失い、ベッドから起き上がれないほどの
病弱な体になってしまったラシェル。悪役令嬢回避のため、
これ幸いと今度はこちらから婚約破棄しようとするが、
なぜか王太子が拒否!? ラシェルの運命は――。
悪役令嬢が精霊と共に未来を変える、異世界ハッピーファンタジー。
1巻：定価1,320円（本体1,200円＋税10%） ISBN978-4-8156-0572-8
2巻：定価1,320円（本体1,200円＋税10%） ISBN978-4-8156-0595-7
3巻：定価1,430円（本体1,300円＋税10%） ISBN978-4-8156-1044-9
4巻：定価1,430円（本体1,300円＋税10%） ISBN978-4-8156-1514-7
5巻：定価1,430円（本体1,300円＋税10%） ISBN978-4-8156-1821-6
6巻：定価1,430円（本体1,300円＋税10%） ISBN978-4-8156-2259-6
ツギクルブックス
https://books.tugikuru.jp/

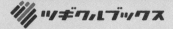

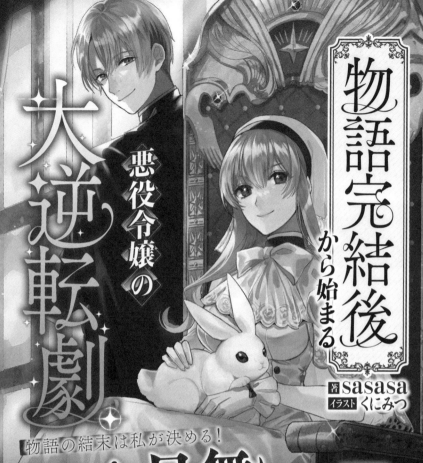

精霊王オルフェンに創造されたこの世界で、唯一精霊の加護を授からなかったディアン。落ちこぼれと呼ばれる彼とは対照的に、妹は精霊に嫁ぐ名誉を賜った乙女。だが、我が儘ばかりで周囲に甘やかされる妹に不安を募らせていたある日、ディアンは自分の成績が父によって改ざんされていた事を知る。「全てはディアンのためだった」とは納得できずに家を飛び出し、魔物に襲われた彼を助けたのは……
不審点しかない男と一匹の狼だった。

これは、他者の欲望に振り回され続けた青年と、
彼と旅を続けることになったおっさんが結ばれるまでの物語である。

定価1,320円（本体1,200円＋税10％）　ISBN 978-4-8156-2154-4

ツギクルブックス

https://books.tugikuru.jp/

ちったい俺の
巻き込まれ
異世界生活
1〜4
著 ぬー
イラスト こよいみつき
異世界転生したら幼児になっちゃいました!?
コミカライズ
企画進行中！
ちったい俺でも
異世界を楽しんでいい？
巻き込まれ事故で死亡したおっさんは、幼児ケータとして異世界に転生する。聖女と一緒に降臨したということで保護されることになるが、第三王子にかけられた呪いを解くなど、幼児ながらに次々とトラブルを解決していく。
みんなに可愛がられながらも異才を発揮するケータだが、ある日、驚きの正体が判明する——
ゆるゆると自由気ままな生活を満喫する幼児の異世界ファンタジーが、今はじまる！
定価1,320円（本体1,200円＋税10%） ISBN978-4-8156-1557-4

出ていけ、と言われたので出ていきます
1~4
著
枝豆ずんだ
イラスト
アオイ冬子
緑川明
婚約破棄を言い渡されたので、
その日のうちに荷物まとめて出発!
猫と一緒に
二人(?)旅を楽しみます!
イヴェッタ・シェイク・スピア伯爵令嬢は、卒業式後のパーティで婚約者であるウィリアム王子から突然婚約破棄を突き付けられた。自分の代わりに愛らしい男爵令嬢が殿下の結婚相手となるらしい。先代国王から命じられているはずの神殿へのお役目はどうするのだろうか。あぁ、なるほど。王族の婚約者の立場だけ奪われて、神殿に一生奉公し続けろということか。「よし、言われた通りに、出て行こう」
これは、その日のうちに荷物をまとめて国境を越えたイヴェッタの冒険物語。
1巻:定価1,320円(本体1,200円+税10%) ISBN978-4-8156-1067-8
2巻:定価1,320円(本体1,200円+税10%) ISBN978-4-8156-1753-0
3巻:定価1,320円(本体1,200円+税10%) ISBN978-4-8156-1818-6
4巻:定価1,430円(本体1,300円+税10%) ISBN978-4-8156-2156-8
ツギクルブックス
https://books.tugikuru.jp/

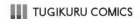

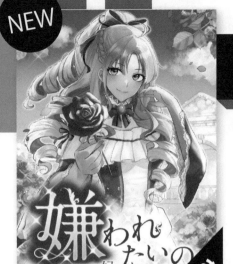

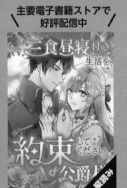

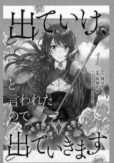

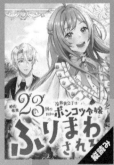

ツギクルブックス

愛読者アンケートに回答してカバーイラストをダウンロード！

愛読者アンケートや本書に関するご意見、暮田呉子先生、woonak先生へのファンレターは、下記のURLまたは右のQRコードよりアクセスしてください。
アンケートにご回答いただくとカバーイラストの画像データがダウンロードできますので、壁紙などでご使用ください。
https://books.tugikuru.jp/q/202307/onimotsu2.html

本書は、「小説家になろう」（https://syosetu.com/）に掲載された作品を加筆・改稿のうえ書籍化したものです。

お荷物《にもつ》令嬢《れいじょう》は覚醒《かくせい》して王国《おうこく》の民《たみ》を守《まも》りたい！2

2023年7月25日　初版第1刷発行

著者　暮田呉子《くれたくれこ》

発行人　宇草 亮
発行所　ツギクル株式会社
〒106-0032　東京都港区六本木2-4-5
TEL 03-5549-1184
発売元　SBクリエイティブ株式会社
〒106-0032　東京都港区六本木2-4-5
TEL 03-5549-1201

イラスト　woonak
装丁　株式会社エストール

印刷・製本　中央精版印刷株式会社

定価はカバーに表示してあります。
乱丁本、落丁本はお取り替えいたします。

ISBN978-4-8156-2258-9
Printed in Japan